結婚写真

錦城　誉

目次

第一章　対決

西新宿の高層ビルのオフィスは、全面ガラス張りになっている。

ブラインドを開けると、道路を挟んだ向こう側の京徳ホテルが夕日に映えている。電話受付時間を過ぎた夕刻に、伊藤博義は椅子を半回転させ、大きく深呼吸し、しばらく瞑想するのが、このところの日課となっていた。疲労感が半端ではないのだ。

伊藤は大学卒業後、大手銀行の帝都銀行に入行した。約十年間支店二店と本店営業部に勤務し、相応の実績を上げたことから本部企画部門に転勤になった。ここでも数年間、それなりの実績を上げ、都内の法人営業部の次長で転出、順調に出世街道を驀進していた。しかし、ある事件に巻き込まれ、半年前に系列子会社のインターネット銀行Dバンク銀行に出向を命じられ、不正口座対策部長の任命を受けた。

実際は部長とは名ばかりで、「振り込め詐欺被害救済ダイヤル」の管理責任者といってよかった。

本人確認を対面で行うことができないインターネット銀行は、振り込め詐欺などの受け皿口座として、犯罪集団が口座を買いあされるようになった。インターネット銀行の口座は、闇サイトで売買されている。振り込め詐欺などにその口座が悪用され、高齢者を中心に被害が後を絶たない。

有店舗型のいわゆる普通の銀行口座が、全く別人に使われることはまずない。特に通帳から預金を引き出すには取引印が必要であるから、他人になりすますのはかなりハードルが高い。口座開設時の本人確認資料に顔写真があれば、窓口に来た時にすぐにばれてしまう。しかし、インターネット銀行の場合、キャッシュカードを入手すれば、銀行の店舗に出向く必要が全くないため、口座保有者になりすますのはたやすい。そこで、インターネット銀行では、取引約款で、なりすまし利用が判明した場合、口座を凍結して強制解約できることが定められている。

詐欺の手口は、足のつかないゆうパックなどで現金を授受する方法に大部分はシフトしているものの、銀行口座が利用されるケースは一定数存在する。いかに自行の口座を犯罪に利用させないようにするかという不正口座対策が、インターネット銀行喫緊の課題となっていた。

Dバンク銀行でも、これらの課題に対応すべく「不正口座対策部」を組成し、伊藤を親銀行から迎え入れ、体制を整えたものの、ゼロからの出発で、有効な対策らしきものは未だに見つかっていない。

というのも、詐欺被害の電話を受け、口座を凍結すると、その口座を使っている詐欺集団の犯罪者からの電話応対で毎日が忙殺されるからである。

しかも、口座を凍結しても、ほとんど残高が残っていない口座である。被害者に返せる資金がないのだ。これでは被害者は「救済」されない。まさに「救済ダイヤル」とは名ばかりで、伊藤始め、社員も空しさを感じながら仕事を続けていた。伊藤自身も、出向でモチベーションが低下し、転職も考えていたのだ。

「部長、少しお話が……」

伊藤は、窓から机の方に振り向いた。疲れている伊藤を見て、遠慮がちに寺田理子が声を掛けてきたのだ。伊藤は、黙って応接室に向かう。寺田は、伊藤配下の社員の中では、一番信頼できる女性の責任者である。カスタマーセンターで電話応対を行うコミュニケーターだったところ、その応対の素晴らしさと前向きな提案を行うことから、正社員に登用された三十代半ばの社員である。応接室で伊藤と向き合うと、寺田はいきなり口を開いた。

「三好さんが今月一杯で退職したいと言ってきました。救済ダイヤルができて半年、これで十人目です。社員も疲れ果てています。救済ダイヤルを委託することはできないんですか?」

伊藤は、またか、と言いたくなるのをこらえ、考えを巡らした。

不正口座対策部は、部長の伊藤以下、社員は七名、派遣社員が十名の小さな組織である。派遣社員のうち、四名は事務専門で、残りの六名がいわゆる救済ダイヤルの電話担当である。

この半年で、電話応対を行う派遣社員の退職が後を絶たない。口座を凍結された詐欺集団の輩や、被害者の恨みや筋違いな銀行に対する非難、これらの電話が集中する救済ダイヤルの担当など、誰もやりたくないのは当然だ。派遣社員で応対できない場合は、社員が代わることになるので、社員も疲弊している。寺田が、ダイヤルごと外部に委託したら、というのも一理あるのだ。

多くの企業が、コールセンターなどの業務を運営会社に委託している。電話応対など、ハードな対応になる部分をアウトソーシングすれば、その分人材を他の部門に配置することができる。委託費と人件費を比較し、採算が合うなら委託するのも合理性がある。

しかし、外部に委託すれば、その業務のノウハウは社内に蓄積、伝承されない。これが、委託したときのデメリットになる。

不正口座対策のノウハウを蓄積したいDバンク銀行にとって、業務の一部を委託することは選択肢にない。それが分かっていながらも言いたくなるのだ。

「委託の選択肢はない。とにかく、電話応対を素早く終了させるスクリプト（話法）を早く確立しないといけない。一度、社員全員で話し合おう。来週、終業後に皆の都合のいい時間にセットしてくれ。それと、代わりの派遣社員のオーダーを」

「承知しました」

寺田は、どこか不満が残る表情で答えた。


次の日の朝、伊藤はいつものようにニュース番組を見ながら、朝食を食べていた。ちょうど「占いコーナー」で「干支と星座」を組み合わせて、運勢のいい干支・星座のランキングの発表をしていた。

「こんなもん、当たる訳ないやろ」

伊藤は、独り言のようにつぶやいた。

「お父さん、何座の何年？」

妻の玲子が聞いてきた。

「水瓶座の辰年や。お前はどうやねん」

「私か？　えぇっと……　蟹座の巳年か。急に聞かれると、本人でも焦るわね」

「！！！」

伊藤の頭の中で、何かが弾けた。

「そうや！　干支と星座や！　これで何とかなるぞ！」

「どうしたの？　私なんか変なこと言った？」

「いやいや。でかしたぞ！　ありがとう」

伊藤は急いで身支度をして、あっけに取られた玲子にお礼を言いながらあっという間に出かけて行った。

出社して、朝礼で社員全員を集め、伊藤は今朝発見した本人以外からの電話を聞き分け、電話応対を完了させる方法を説明した。

「まず、聞こう。作田、寺田さんの干支と星座を答えてくれ」

「え〜、わかりませんよ、そんなの」

最年長の作田登が不満げに答えた。

「そうだろうな。他人の干支や星座をすぐ言える人はいないと思う。俺も家内の干支と星座を、ぱっと聞かれたらすぐ答えられないよ」

「あっ、そうか！」

寺田の目が大きく開かれた。

「そう、寺田さんは分かったようだ。つまり、詐欺加害者から電話を受けたら、通常の住所・氏名・生年月日の本人確認に加え、干支と星座は何かを聞けばいいんだ」

「なるほど」

「そうか、口座保有者の生年月日は覚えていても、干支、星座などぱっと聞かれたら答えられないわ」

「おお、今日からすぐやりましょう！」


朝の九時を知らせるアラームが鳴った。早速、何台かの電話からコール音が響く。伊藤は、心の中で「よし」と気合を入れる。

「マル加からの入電です」

オペレーターの一人から声がかかる。マル加というのは、振り込め詐欺等の加害者のことである。

点滅しているボタンを押し、電話応対の内容を傍受する。

「お待たせしました。山本様、本日はどういったご用件でしょうか」

オペレーターが応答する。

「はあ、何とぼけてんだ、こら！　口座が使えないんだよ。どういうつもりだ」

いきなり怒声が聞こえてくる。

「山本様、まずはご本人確認をさせてください。山本様の住所・氏名・生年月日を教えていただけますか」

電話口からすらすら回答する相手の声を確認する。ここまでは合っている。

「では、干支と星座を教えていただけますか」

「はあ？　何だそりゃ！」

明らかに動揺する気配が感じ取れる。

「ですから、十二支の干支と、星占いの星座でございます」

オペレーターが馬鹿にするようにわざと丁寧に説明する。

「何でそんなこと言わなきゃなんないんだよ！」

「山本様ご本人であれば、回答できるはずでございます」

「……」

「山本様、山本様……ご回答できないということは、今電話口でお話ししている方は、山本様ではないということになります。山本様ご本人以外の方とは、口座の内容についてお話いたしかねますので、失礼します」

たたみかけ、オペレーターは電話を置いた。

「お疲れさま」

伊藤も電話傍受のスイッチを切った。

「やった～」

何人かの社員の声が響き、拍手が沸き起こった。これで、何とか電話応対の道筋はつけることができたのである。


その日の終業後、伊藤は社員を集めて打ち合わせを行った。

「今日は、干支と星座で十数名撃退できたけど、敵も学習し研究してくるぞ。これをヒントに、口座名義人には分かって、口座利用者の犯罪者には答えられない質問を考えてくれ」

「そうか、何も干支と星座だけじゃないですね。いくつも質問を用意しておけば、ひとつ答えられても、そういくつも答えられないですよね」

一番年少の昨年入社した松田あけみが得意げに発言した。

「そうだ。松田さんは頭の回転が速いね」

伊藤が褒める。

「う〜ん。勤務先の情報、どの部署かどこにあるかとか」

早速、作田が意見を出す。

「今ならグーグルマップのストリートビューで自宅とかも分かるので、家の壁の色、屋根の色とか」

「家の前の店が何屋さんとか」

「最寄り駅とか、路線とか」

「家族の情報もそうだね」

次々と出てくる意見を、寺田が必死に書き留めている。これをまとめてマニュアル化し、コミュニケーターに渡すのだ。

こうして、詐欺救済ダイヤルの電話応対は、円滑に終了するようになり、派遣社員の退職にも歯止めがかかったのである。


電話応対が落ち着いたところで、今度は不正口座対策部本来のミッションである、不正口座を抽出する仕組みの構築に取りかかった。つまり、口座が口座名義人の手を離れ、売買されたかどうかを検知する仕組みを作るのである。

伊藤は、これまで凍結された口座の取引明細のデータを集め、取引に特徴がないかを入念に調べた。

もともと帝都銀行時代から決算データを始めとする分析は得意である。すると、いくつか特徴的な動きを発見した。

ひとつは、反復取引と言われる取引である。口座を買い取った犯罪者が、「この口座は果たして利用できるのか、銀行がすでに凍結・入出金を禁止している口座ではないか」を確認するために、ＡＴＭを使って千円だけ入金し、すぐに引き出すなど、試しに使ってみるのである。つまり、千円の入出金が同日同時刻近くに行われるのである。

もうひとつは、口座を売却するまで利用していた元の口座保有者が口座を売却し、しばらく一定期間取引がない状態から、突然多額の振り込み入金があるパターンである。先の反復取引を経ず、いきなり詐欺資金の振り込みがある場合だ。これも、システムで検知は可能である。

このように、蓄積されたデータから、不正口座の特徴を掴み、不正に利用される前に、また資金が引き出される前に口座を凍結しようというのである。

システム部門に開発を依頼し、何とかこれらの口座を抽出できることになったが、ここで問題なのは、いかにしてこれを不正口座と断定することができるか、である。

確たる証拠がなければ、いかに銀行でも口座を凍結することはできない。

伊藤は、また部下を会議に招集した。

「これまで凍結した不正口座のデータを分析し、いくつか特徴的な動きをしていることが分かった。システム部門に開発を依頼し、不正口座と思われる口座を抽出するツールはできあがった。問題は、これらの口座をどうやって不正口座と断定するかである。意見があれば、遠慮なく発言して欲しい」

伊藤の問いかけに、一同シーンとなり考え込んだ。

しばらくして、寺田が切り出した。

「この前は、加害者からの電話に、口座名義人だとわかるはずの質問をして、質問に答えられないことをもって、不正利用と断定したよね。今度は、その逆で口座名義人に電話をして、口座名義人だとわかるはずの質問をして、答えられないことをもって不正利用と断定すればいいんじゃない」

「えっ？　どういうこと？」

作田がよくわからないらしく、質問した。

「あっ、そういうことか！」

松田は理解したようだ。

「そう、自分で口座を利用している口座名義人だと、反復利用も突然の振込もわかるはずだよね。だから、例えば、『最近、口座を利用されましたか？』と質問するの。そうすると、とっくに口座を手放している口座名義人の場合、『使っていません』か『よくわかりません』としか答えようがないのは分かる？　これをもって、この口座名義人が口座譲渡をしたこと、全く別人が使っていることが証明される。そこで、『ただいま、○○様以外の第三者が口座を利用していることが分かりましたので、預金口座取引規定に基づき口座を凍結します』と宣言し、口座を凍結すればいいんじゃありませんか？」

「なるほど」

方々から声があがり、にわかに活気付いてきた。

「寺田さん、すごいね。よく思いついた！　よし、また前回みたいに、口座名義人だと知っているはずの項目を洗い出そう。口座を譲渡してしまっているんだから、口座の取引内容を聞かれると答えられないよね。例えば、『最近口座をいつ使いましたか』とか。どんどん意見を言ってくれ」

伊藤は、皆に呼びかけた。様々な意見が出て、それを寺田がまとめマニュアル化し、コミュニケーターに指導した。

「本日、口座に入出金がありました。お客さまは使っていないとおっしゃいましたので、どうやらお客さま以外の第三者が不正に利用していることが判明しました。預金口座取引規定により、ただ今口座の入出金を停止しました」

こうしたやりとりがあちこちで聞かれるようになり、社員も派遣社員も表情が明るく、職場に活気が満ちてきた。

こうして口座を凍結すると、この口座はそれ以降、振り込め詐欺などに利用されることがなくなり、被害を未然に防止できるのである。

不正口座対策部の社員・派遣社員が自信を持って仕事に取り組めるようになってきたが、最後に残った課題は、詐欺被害に遭い、口座に振り込まれた資金を、犯人が引き出す前に凍結することである。

一般的に、インターネット銀行で口座に振込など入出金があると、メールで口座保有者に通知が行くことになっている。振り込め詐欺などの加害者が口座を買い取って使っていると、被害者が振り込んだことがメールで確認できるため、直ちに最寄のATMから全額出金されてしまう。被害者が、「だまされた」と気づいて銀行に電話するときには、あるいは、銀行で検知して不正が明らかになったときには、口座残高は既にほぼゼロになっており、そこから口座を凍結しても、被害者に返金できる金額はないのである。これでは、詐欺被害者の真の救済にはならない。

「何とか、犯人が出金する前に口座を凍結できないか」

伊藤はこの問題に頭を悩ませ、不正口座の取引データをさらに分析し、検知の精度を高めてきた。

そして、リアルタイムで不審な振込を抽出し、その口座番号を表示するアプリの開発をシステム部門に依頼し成功したのである。つまり、不審と思われる振込があった場合、アプリをインストールしているオペレーターのパソコン画面に、その口座番号と金額が表示されるのである。オペレーターは、まずはその口座の入出金を停止し、その後ただちに取引明細を調べ、振り込め詐欺の特徴が見られればそのまま取引停止を継続し、正常な取引ならただちに制限を解除するのである。こうして、詐欺被害者から振込があった資金を確保、返金できるようになり、本来の意味での被害者救済ができるようになってきたのである。初めて被害者に多額の資金が返金できるようになったとき、伊藤とその部下たちは歓喜の声を上げた。

これまで、電話で撃退された犯罪者が、何度か本店事務所に来たことがある。伊藤も対応した。事務所のカウンター越しに、住民票などの公的書類を持って、口座残高の引き出しを要求してくるのである。住民票は、大体がもとの口座保有者から巻き上げたものだ。口座から残高が引き出せないとあっては「出し子」としての任務を果たせないので、相手も死活問題で必死になる。

この日も、口座情報によると、四十代のサラリーマンなのに、どう見ても二十代、眼付が鋭く、金時計にエナメル靴といった一目でその筋とわかる人物が来店した。担当者では埒があかず、やむなく伊藤が対応することになった。

「口座残高を引き出したいのであれば、今ここであなたが口座名義の香川俊郎様であることを証明してください。住民票ではだめです。顔写真のある運転免許証はないのですか」

「そんなもん、あるかい」

「先ほど、車を停めてるので急げや、とおっしゃっていましたよね」

「車の中じゃ」

「取ってきてください」

「何でそんなめんどくさいことせなあかんのや」

「では、資金は引き出しできません」

「人の金を凍結しといて、ただじゃすまんぞ、こら！」

「香川俊郎様以外の方とは、お話しいたしかねます」

「わしが香川俊郎じゃ」

「では、それを証明してください」

「何やとお前ら。善良な預金者の残高を凍結して、他に使ってるんやろう。この悪徳銀行が！」

「何が悪徳銀行ですか。あなたたちのように、年寄りや弱い者から金を奪いつくすハイエナに言われる筋合いはないですよ」

　あくまで冷静に、相手の目を睨みつけて答える。

「なんじゃ、こら。預金者にそんなこと言ってええんか、おい！」

「現時点で目の前にいるあなたは、預金者でもなんでもない。他人の口座を悪用して、詐欺まがいのことを行っているただの犯罪者だ」

「何だとこら！」という怒声と、「ドン！」という大音量が響いた。

相手は激高し、カウンターをしたたか蹴り上げたのだ。その瞬間、伊藤の後ろで控えていた寺田が、奥のフロアに姿を消した。その後も、相手は伊藤につかみかからんばかりの勢いで、脅しの文句を吐いていたが、しばらくして、

「はい、西新宿警察！　暴れてるの誰？　お宅」

「器物破損、威力業務妨害。署まで来てもらうよ」

暴言を吐いていた相手は、あっけにとられていたが、屈強な西新宿警察署の刑事二名に連行された。

「ありがとう」

通報した寺田をねぎらい、伊藤はつぶやいた。

「弱い者から金を吸い取る寄生虫めが」


口座譲渡が判明し、不正と認定された口座は、いわゆる「振り込め詐欺救済法」に基づき、預金保険機構のＨＰに公告される。そして、このＨＰを見て被害回復分配金請求を行ってき

た被害者に返金される。

リアルタイムで不正口座を検知できるシステムを開発してからは、資金流出前に口座を凍結することができて、残高を被害者に返金できるようになった。すると、被害者から警察署に謝意が伝えられる。その警察署は、被害を未然に防止してくれた、Ｄバンク銀行に感謝状を授与することを持ち掛けてくる。感謝状の授与は、事件を担当する被害者の居住する所轄の警察署が行うことになる。

このシステムが開発されて以来、三年間で北は北海道から南は沖縄まで、全国に散らばる詐欺被害者に対し、口座残高の流出を食い止め、ほぼ全額を返金できたことから、三十地域の警察署からＤバンク銀行に対し、感謝状が贈られてきた。そのすべてに、伊藤が訪問して感謝状を拝受してきた。感謝状授与の様子は、地方紙の社会面に掲載されることが多かった。中には、地元の振り込め詐欺防止のセミナーに講師として呼ばれ、講演する機会もあった。

おかげで、Ｄバンクの口座にいたっては、闇の口座売買サイトで、

「Ｄバンク、買ってもすぐ止められるので、お金の無駄」

とコメントされ、犯罪者からは敬遠されるようになってきた。

実際、凍結口座の数は減少の一途をたどっている。

「Ｄバンクは不正口座対策がしっかりしている。安心して使える」

とのステータスを業界内で確立させた功績は大きく、伊藤の銀行内評価も最高水準のSを三年連続で与えられているのである。

民報の特集番組でもその取り組みが放映された。実際に不正の対応を行っている現場がTVに映し出され、伊藤のインタビューも放送された。インタビューで伊藤は次のように視聴者に訴えた。

「私の家族も、かつて騙されて大きな被害にあい、大変な苦労を強いられました。振り込め詐欺などに代表される特殊詐欺は、弱い立場にある者をだまして、財産をむしりとる極めて卑劣な犯罪です。

その犯罪に、当行の口座が利用されるなど、あってはならないことだと思っていました。どうしたら被害を未然に防止できるか、また被害にあっても、被害金額を返金できるか、試行錯誤してきた結果、ご覧いただいたシステムが完成し、何とか被害者の方を救済することができるようになりました。犯罪の手口は、日進月歩でますます巧妙になります。これからも、さらに研究を重ね、新たな手口にも対応できる仕組みを構築し、特殊詐欺被害拡大防止に努めて参ります」

この放映を機に、業界からの不正口座対応に関する講演依頼も多くなり、伊藤の名前は、不正対策分野では知られる存在となった。

今でこそ、伊藤は時代の寵児として業界では著名な人物となったが、これまでたどってきた人生は、まさに「金」に翻弄された波乱万丈であった。

第二章　幼馴染

「ねえ、ヒロくん。さっき先生が説明したとこ全然わからんわ。後で教えてや」

隣の席に座っている千夏が、小声でささやくように話しかけてきた。

中井千夏は、家も近く幼稚園・小学校と一緒の幼馴染である。男子顔負けの活発な女子で、中学でも同じクラスになった。おまけに席も隣だ。伊藤は、気が散って勉強に集中できないから話しかけて欲しくないのに、お構いなしに話しかけてくる。いつものことと辟易しながら注意する。

「自分で考える気ないやろ。お前もさゆりを見習ってちゃんと勉強しろよ」

「ふん、またさゆりか！　そらさゆりは頭もいいしかわいい。言うことないわな。私と違って。そうか、ヒロくんはさゆりが好きやねんな」

「そんなことないわ！　そういうお前は誰が好きやねん？」

「……」

千夏は急に黙り込んだ。少しうつむきながら、伊藤の消しゴムをぱっと取って、何やら文字を書いていた。千夏は顔を机に伏せながら、消しゴムを渡した。そこには、「あんたや」

と書かれていた。

それを見て、伊藤は「ひえ〜」と素っ頓狂な声を出してしまった。

「こら！　伊藤。何がひえ〜じゃ。さっきから中井と何を乳繰り合っとるんじゃ」

それを聞いたクラスの皆から、「ヒューヒュー」と冷やかしの声があがった。思いがけない千夏からの告白に、伊藤は胸がドキドキして、早く休み時間にならないかとひたすら祈った。どうしても千夏の方を向けなかった。

千夏とは、幼稚園年少から一緒で小学校に上がるまで、銭湯でもよく会っていた。お互いの親も友人で、伊藤も母と一緒に女湯に入っていたが、よく千夏と一緒になった。さすがに小学校に入ってからは、男湯に入るようになったが、異性として意識したことなく今日まで生きてきた。しかし、先ほどの告白以来、何だか千夏と顔を合わすのが気まずくなってしまった。

「俺は、千夏のことが好きなのかなあ」

考えてもよくわからない。あまりにいつも近くにいることが自然だったので、これまで考えたこともなかったのだ。

学校からの帰りも、千夏のことを考えていた。四畳半二間の文化住宅である自宅に帰ってきて、玄関を開けると、人相の悪い人物が家の中に勝手に入って待っていた。このところ毎日来る借金の取り立てだ。完全に住居不法侵入である。無視して勉強していたら、手持ち無沙汰にして父を待っていた取立屋が話しかけてきた。

「坊主、偉いなあ。よう勉強するなあ。親父みたいにうちらのような街金に金借りたらあかんで。それに俺みたいに、勉強せんかったらこんなあこぎな商売するしかあらへん。勉強してええ大学行って、金貸すなら銀行に行かなあかんで」

この時は、全く無視して気にも留めていなかったが、後年振り返ると、貸金業法が制定されてから、昭和の時代に雨後の筍のように発生していた違法な金融業者が淘汰されて、大手消費者金融に集約していった。さらに、消費者金融の分野にも大手銀行が参入、攻勢をかけるようになり、大手消費者金融もほぼ大手銀行の傘下に入るようになった。この男の言う通りになったのである。

伊藤の父は、伊藤が小学校低学年までは何でも買ってくれる子煩悩ないい父親だった。明るく元気な母と二人の妹と貧しいながらも幸福を感じていたものだ。しかし、父がだまされて他人の連帯保証人になり、借金を肩代わりするようになってから、生活が一変した。緊張の糸が切れたように、父の生活は堕落していき、遊興に使うための借金を重ね、雪だるま式に増えていった。貸金業法施行前の昭和四、五十年代の取り立ては過酷を極めた。

毎日の自宅への取り立ては当たり前。時間もお構いなく夜間や休日も平気でやって来る。

それだけでなく、母の勤務先を突き止め、近所のスーパーで働く母のレジの前で、取り立ての輩が叫ぶ。

そんな状況では、母も仕事が続けられるはずがない。生活は困窮する一方であった。まともに家にもいられず、母は子供たちを連れて、知人の家に泊めてもらうようになった。家族は、ろくに食事をとることもできず、インスタントラーメンをおかずに食事をした。そんな生活が続くと、さすがの母もノイローゼ気味になり、後から聞いた話であるが、子供たちを連れて淀川に身を投げようと考えていたそうだ。ついに父も家に帰って来なくなったのである。

それから程なくして、年の瀬も迫ったある日、ついに夜逃げ同然で母と子供たち三人は、大阪郊外の母の姉が借りたアパートに引っ越すことになった。伊藤は、同級生たちにもお別れの挨拶すらできず、新しい中学に通うことになった。千夏ともそのまま別れた。何とか千夏にだけは会って挨拶したかったが、それすら許されない緊迫した状況だったのだ。

その後、ついに父は帰ることなく生き別れ、母は離婚の手続きを行い、貧しいながらも平穏な生活が戻ってきた。

平穏といっても、昭和のこの時代に、母親一人で子供三人を育てることは大変である。母は色々な職業を転々とした。まず、保険の外交員を始めた。初めは知人などに声をかけて順調だったようだが、人脈も尽きると営業成績が上がらなくなり、ほどなく辞めた。それからは、主に工場や事務所の清掃員として勤務していた。生活費に困ることも度々あったが、どうも母は「運」が強いというか、困ったときに必ず窮地を脱することができたのだ。

まず、よく金を拾った。拾った金は警察に届けなければならないのは当たり前だが、生活に困っている母がそんなことをするはずがない。何度か、こういったことが重なると、母は積極的に金が落ちていそうなところを、散歩と称してうろうろするようになる。近所に質屋があった。質草を預け、嬉々として帰路につく客には心の隙が生じるよ、と訳の分からない理屈をならべて質屋の周りを散歩するのが日常となった。すると、どうだろう。本当に、数日に一回は、「戦果」にありつくことができた。

次にやったのが、「自販機つり銭あさり」だ。伊藤の家には、当然風呂などなく、近くの銭湯に行くのが日課だった。母は妹二人、洋子とかなと一緒に銭湯に行くのだが、行きに通る道沿いにある自販機のつり銭口を、まだ小学校に入ったばかりのかなに、つり銭が残っていないか確認させるのだ。伊藤は、実際目にしたことはなかったが、洋子からその話を聞いており、恥ずかしいからやめてくれと何度も頼んでいた。しかし、これも効果があり、結構な額が集まるのでやめないのだ。

ある日、かながいつもの自販機を見て「お金がいっぱいでてる」と言ったので、母が見たところ、中の硬貨をためるところが壊れていたのか、つり銭口から硬貨があふれていたそうだ。「ありがとう」と不謹慎な言葉を口に出しながら、母は自販機をがたがた揺らしだした。すると、ジャリジャリジャリ、と音を立てて硬貨があふれてきた。洗面器を入れていた、二つの袋にザクザク詰め込み、硬貨でいっぱいになった袋を抱えて、母と妹たちが帰ってきた。その時の驚きを伊藤は忘れることができない。本当に、この人は神がかっているわ、と恐ろしくなった。かき集めた硬貨は、銀行に届けることもできず、ちまちま使うことになったが、母はしばらく給料に手を付けずに済んだ、と喜んでいた。

あとは、とにかく周囲の人が困ったときにどういうわけか助けてくれるのである。近所に八百屋に毛の生えたくらいの雑貨屋があった。たいていの物がそろっていたので、母はよく買い物をしていた。店主夫婦と世間話をするようになり、これまでの悲惨な生活を恥ずかしげもなく面白可笑しく話すので、やがて、

「伊藤さん、女手一つで三人も育てて大変なあ。何か困ったことあったら、何でも言ってや」

と言われるようになった。

「よし！」と母は、やたらと気合が入り、これまでにも増して近所の雑貨屋で買い物をするようになった。そして、実際に支払いが厳しいときに、

「ごめんや。給料前で今お金がないんやけど、給料日払いでもええやろか」と切り出すのだ。雑貨屋の店主も、これぞなにわの商売人、といった典型的な義理人情あふれる人物なので、

「ええよ、気にせんと子供たちに一杯買ったり」

と、あっさり認める。これ以降、母は買い物はすべてこの雑貨屋で行うようになった。

ある日、テレビが映らなくなった。テレビを買う金などない伊藤家にとって、致命的な痛手だ。伊藤が子供ながらにがっかりしていたら、次の日新しいテレビが家に来ていた。

「お母さん、これどうしたの？」と聞くと、雑貨屋の隣にある小さな電気屋で買ったという。

「金あったんか？」

「あれへん。『給料入ったら少しずつ払ってもらったらええ』て言われたから、持ってきてもらったわ」

この小さな電気屋でも、電球とかを買っていたので、どうせ身の上話でもしていたんだろう。

「やめてや、恥ずかしい」

「けどなあ、あんな小さな電気屋でテレビ買う人おらへんで。向こうもお母ちゃんに買ってもろてうれしいはずやろ」

どれだけしたたかな母か。人間窮すれば強くなるものだと感心したことを覚えている。後年、伊藤が銀行に入行したときに、これらの店主を訪問して丁重にお礼をした。

母は、職場でもよく人に助けられた。男子トイレを掃除しているときに、社員に話しかけるようになる。黙って仕事をしていることができない「口から生まれた女」と言われる母である。会社の重役であろうが、平社員であろうが、とにかく話しかける。次第に仲良くなったら、これまでの波乱万丈の人生を語る。

こうして話をするようになって、何人かの幹部社員から「子供さんに」と言って、小遣いをもらうことが度々あった。チップの一種であろうか。トイレ掃除のおばさんにチップなど聞いたことがない。しかし、子供の小遣いにともらった金も、実際には母が生活費に使っていた。これも母の人柄というか、苦労の中で生まれた処世術なのかもしれない。

母は、子供たちに、

「何でも心がけやで。心がけがよかったら、神さんが守ってくれはるで。運もついてくる。運がなかったら人生終わりや。これまでお母ちゃんは運がなかった。あんな男につかまってからに。せやけど、これから運は上昇する一方やで」

と話していた。

この話をするときは、必ず戦争中の大阪大空襲のことになる。

母は戦争中、大阪市のＪＲ塚本駅近くに住んでいたのであるが、駅近くを歩いていた時に空襲にあい、ホームで待っている人が爆撃されて、目の前に落ちてきたことを話すのである。この死を真近で見たトラウマともいうべき体験をして、死というものを真剣に考えるようになったという。

「お母ちゃんが生き残って、爆撃された人は亡くなった。この『差』は何やろう。絶対、凡人には説明でけへんわ。前世の行いやろかと思ったけど、前世の行いで今世の人生が決まるんやったら、やってられへんやろ。それで結局『運』や、と割り切ることに決めたんや。これは、お母ちゃんの『運』。人間この運がつきると終わりや、と思うで。その運を積むんはなあ、何としても成功してやる、幸せになってみせる、という強い気持ちや心がけちゃうか。お母ちゃんは、あんたらを一人前に育てて、将来悠々自適の生活するんや、と強く心の中で決めて、日々懸命に生きてる。それが道を切り開く原動力や」

と話していた。

伊藤は、まだ子供で社会の荒波にもまれていなかったので、なんとなくそうかあなと思っていた。だが、リアルな戦争体験を聞きながら、妙に納得するところがあった。ただ、はっきりしているのは、父が家を出て、母は何より心が強くなったことである。人間変われるもんやなあと、やけに感心していた。

伊藤は、自分たちを捨てて家を出た父を恨み、母の姉以外誰も母を助けようとしなかった社会そのものに対し、非常な敵愾心を持った。そして、それを糧として、とにかく将来金持ちになり母を楽にさせるのだ、と勉強に励んだ。

一方で、母のように、「心がけ」や「運」と言われても、自分は生い立ちや苦労してきたことなどを、母のように堂々と語ることはできないと思った。どこに出ても恥ずかしくない能力を身につければ、おのずと経済力も備わってくるし、みじめな思いもしない。人格や心がけ、運といった類は、それからの話や、と思っていた。

そのためにも、とにかく勉強することと決めていた。中学では学年で一、二を争う成績を収めることができた。家計の状態から、私立高校への進学は絶対に無理であったので、ほぼ百パーセントの確率で合格できる、家から徒歩で通える府立高校に進学することになった。

高校に進学後も、伊藤は常に学年でトップの成績を維持し、大学受験を迎えた。地元の国立大学なにわ大学を第一希望としていたが、難関といわれる私立大学には合格したものの、なにわ大学は不合格であった。私立大学には入学金が工面できず入学できなかった。

予備校に行く金などないので、どうしようかと考えていたところ、新聞奨学生の制度があることを教えられた。新聞販売店で働くと、予備校に通う金を出してもらいながら受験勉強ができるとわかり応募した。大阪市内の新聞販売店で働きながら受験に臨むことになった。

大阪の繁華街に近いところに、販売店が借りたアパートで一人暮らしが始まった。

しかし、現実は甘くなかった。

予備校に通うことになるのだが、仕事を始めてわかったことは、夕刊の配達があるので、午後の授業がほぼ出席できないのだ。さらに新聞配達といっても、単純に新聞を配るだけでなく、新聞に折り込まれる、いわゆる折り込み広告をセットするのが大変だ。

夕刊の配達が終わって、翌日の朝刊に折り込む広告を一つにまとめる作業が一番こたえた。配達が終わり疲れ切っているところに、また作業が加わる。特に週末などは大量の広告が入ることになり、気が遠くなるような作業となる。

これが終わって飯を食い、風呂へ行って横になると、すぐに寝てしまう。朝刊も、午前三時とか、これまで寝ていた時間に起きて配達を終え、予備校に行かなければならないのだが、疲れきって体がいうことをきかないのだ。

こんなことから、予備校に通ったのは三日だけで、受験勉強など一週間で全くしなくなり、ただ目的もなくダラダラした生活を送っていた。こんなところに来るんじゃなかった、とため息ばかりついていた。

六年前、千夏が「あんたや」と書いた消しゴムを見ながら、

「こんな姿、千夏には見せられないなあ」

と絶望と後悔の念にさいなまれるのであった。

受験勉強も忘れ、完全にその日暮らしに陥っていた伊藤であるが、秋も深まったある日、アパートに帰ると母が部屋の前で待っていた。

「どうしたん。何かあったんか」

伊藤が母に会うのは、ゴールデンウィークに帰省して以来である。実家は電車で一時間ちょっとのところであるが、不甲斐ない状況を知られ心配かけたくないので、自然足が遠くのだ。

「ちゃんと勉強してるか、心配でなあ」

部屋に入ると、母がぽつりと言った。

「いや～　全然できてないんや」

伊藤は、これまでのことをかいつまんで話した。

「そうか。あんたは高校受験の時も、安易に一番近い学校に決めてしもたけど、普段の実力を出したら、難関校でも十分合格できたで。お母ちゃんは勉強のことわからんけど、ここまで来たら試験で実力を出し切ることだけ考えたらええ。あんたの実力を信じるしかないやろ。時間あんまりないから、今から気張って勉強せんと、肩慣らし程度で本番に力発揮したらええやないの」

母の言葉を聞いて、伊藤は気分的に楽になった。やれるのではないかという気持ちになってきたのだ。

「そうやなあ。まあ、ダメかもしれないけどもう一度やってみよか」

「あほか！　何ゆうてんの。絶対大丈夫や。確信もってやらなあかんやろ」

「わかった。うん、頑張るわ！」

次の日から、伊藤は猛然と勉強を始めた。

共通一次試験までは、あと二ヶ月。できることは限られるので、これまでやった問題集や参考書の復習のみに費やし、一月中旬の共通一次試験に臨んだ。ダメでもともとと無欲で臨んだのがよかったのか、全く緊張せず、実力以上のものを出せて、結局九割近い得点を取れた。これで、自信を得て、なにわ大学の二次試験でも力を発揮できた。

迎えた合格発表の前日、

「電報です」

と郵便局員が来た。一瞬緊張が走ったが、文面は、「合格おめでとうございます」の一文であった。

「やった！」

伊藤の体に、なんとも言えない歓喜が湧いてきた。

つい最近まで受験すら諦めていた自分が、希望通りの大学に合格できた！　今まで、貧困のみじめさを味わってきた伊藤であったが、この瞬間、これまでの人生で一番の幸福感に浸るのであった。

近くの公衆電話から、母に電話を掛けた。

「合格したよ」

一言であったが、母は電話口で、

「よかったなあ、よかったなあ」

と嗚咽しながらつぶやいていた。

大学に入学すると、新聞販売店を辞め、本当の意味での一人立ちをして生活するようになった。地元の難関大なにわ大学合格を聞きつけた購読者の一人が、自分の子供の家庭教師をしてほしいと言ってきたからである。大学近くの豊中方面に住むことも考えたが、伊藤は一年間新聞を配達するなかで、せっかく築いた「人脈」らしきものがある街に留まることにした。

商店が多い街であったことから、色々な人と話をするようになり、大学受験のために働いている事情などを話す人も何人かいた。こうした人たちは、人情に厚い大阪下町らしく、伊藤に「頑張りや」と声をかけたり、食べ物やお菓子などをくれたりするのであった。これらの人脈を有効に使おうと思って近所のアパートに引っ越した。

梅田から至近の立地であるが、老朽化が激しく、共同トイレ、炊事場の四畳半一間の家賃八千円の信じられない物件であった。引き戸を開けるとすぐに寝床になり、隣の音は筒抜け。一日中、隣の老婆の咳き込む音が聞こえ、夏には夜になると、窓の外からゴキブリが飛んでくるようなとんでもない部屋だった。が、これで大学四年間は、食費の心配だけすればいいことになり、まずはほっとしたものである。贅沢に慣れた今の学生には、考えられないことだ。

家庭教師だけでは生活できないので、日雇いの仕事もしていたが、家庭教師で教えた子供の成長ぶりに驚いた親が、近所のママ友たちに話をしたことから、次々と家庭教師の申込が来た。おかげで、大学四年間で常に三件週六日以上仕事がある状態で生活の心配はなかった。日雇いの仕事もしなくて済むようになった。そして例外なく、どの家庭でも食事が出たこともありがたかった。中には、ご主人が勉強を終わるのを待ちかねて、

「先生、一杯やりましょう」と酒盛りになったり、

「風呂入っていってくださいな」

と、まったりできることも度々あった。貧困家庭で、家族そろってゆっくり食事をした記憶がない伊藤にとっては、こうした家庭の温かさを実感できたのは、幸せな大学生活であった。

こうして、自分なりに充実した学生生活を送っていたある日、英会話教材のセールス電話

があり、近くの喫茶店に呼び出され、話を聞くことになった。口ひげを生やしたいかにもセールスマンといった中年男性と、化粧の濃い若い女性が席に座っていた。正直、興味がなかったので、すぐ引き上げようと思ったのであるが、

「体験してみて効果があるとわかったら、今度は学生対象の教材販売のアルバイトもできるよ」

という一言にピンとくるものがあった。

「僕は、英語外部試験が五百点なんだけど、この教材で勉強すれば、スコアはあがるかなあ」

伊藤は質問した。

「もちろん、九百点超を出す人も続出してるよ」

と髭が答えた。

うそだろう。勉強したからスコアがあがるので、何も教材を使う必要なんかないよ、と内心思いながら考えるところがあって、結局この教育教材を三十六回払いで購入した。

購入後は、教材を使うわけでもなく、英語外部試験の勉強を集中的に行った。約一年後に試験を受けたところ、七百五十点まで伸ばすことができた。

「よし、まずまずだ」と声に出して呟いた。あまりに出来すぎると不自然だし、これくらいがちょうどいいのだ。

教材使用前五百点、使用後七百五十点、教材を使用している訳ではないが、この紛れもな

い真実のデータを使い、大量のビラを作成し、教材を片手に大学周辺の下宿やアパートを一斉に訪問し始めた。

伊藤の自宅アパートは、大阪市内で大学最寄駅から阪急宝塚線で数駅離れているので、思い切ってセールスできる。

とにかく一日百軒を目標に、家庭教師の始まる前の夕方の時間帯を中心に訪問した。ほとんどが押し売り同然に追い払われるが、百軒訪問すると数軒は話を聞いてくれるのである。地方から出てきて、友人もあまりいない真面目な学生ほど、話を聞いてくれる。同じ大学で、英語外部試験のスコアも一年でこれだけ伸びるのかと感心して興味をもってもらえた。毎日訪問を続けると、話を聞いてくれる人も累積的に増えてきて、一ヶ月もすると何人か購入してくれる人も出てきた。教材を使おうが使うまいが、国立大の学生が真面目に勉強すれば、スコアくらい簡単にあがるのだ。だましている罪悪感など全くなかった。

こうして、家庭教師以外にも、セールスの歩合給を支給された。その金で高級輸入車を中古で購入し、車で学校に通うなど、かなり裕福な学生生活を楽しむことができた。この時の経験が、のちに銀行に就職してから大いに役立つこととなるのであるが、その時の伊藤には考えも及ばなかった。

経済的にも余裕が出てきて、卒業に必要な単位も取れると、どうしても気になる人と会いたいと思うようになった。夜逃げ同然で飛び出してきた大阪市北部の下町とは、二駅のところに住んでいたが、そちらの方には足を向けることはなかった。思い出したくない思い出ばかりだったからだ。ただ、その中で一つだけ、千夏のことを考えると胸が痛くなるのであった。ある日、勇気を出して生まれ育った街に足を向けた。十年ぶりになるのか。かつて住んでいた文化住宅は、取り壊されて更地になっていた。家の前を流れていたドブ川も埋め立てられなくなっていた。

それ以外は、ほとんど変わらない風景が広がっていた。

伊藤は、昔毎日のように通っていた、千夏の家の前に立っていた。

懐かしい思い出とともにホロ苦い、胸を締め付けられる感情があふれてきた。勇気を出してインターホンを押した。

「は～い」

元気な若い女の声が響いた。

「千夏だ！」

伊藤は、急にドギマギして隠れたくなった。

ガラガラと扉を開けて若い女性が出てきた。すっかり大人の女性に成長した千夏であった。

「ヒロくん！」

千夏の方から声を発した。

「千夏……」

思いがあふれてきて、それだけ言うのが精一杯だった。

「元気やったん？　心配したんやから！」

千夏の目から、大粒の涙がこぼれ落ちた。

「うん。色々あったけど、みんな元気。とにかく生きるのに精一杯だった。何から話していいかわからないけど、ようやくここに、千夏の前に来られるような気持ちになれた……」

「後で、母からヒロくんの家のこと聞いたんだけど、そんなに大変だったんだ。学校では本当に楽しそうだったから。全然気づいてあげられなくてごめん」

「いや、いいよ。今はだいぶ落ち着いてきたから」

「とりあえず、あがって」

千夏の家に久しぶりにあがり、それから伊藤はこの十年間のことを話した。

「おばちゃんも、妹さんも元気でよかったわ。え〜働きながら受験してたん？　それでなにわ大学！　すごいやんか。やっぱりヒロくんはすごいわ！」

「実はなあ、つらいときは千夏が落書きした消しゴム見ながら頑張ってきたんや」

「え～っ。そんなもんまだ持ってんの！　恥ずかしいから捨ててや」

「これは、これからも大事に持っとくわ」

十年間の時間が、あっという間に埋められたように感じた。

これまで頑張ってきたことを、誰かに話したかったのかもしれない。それが千夏で本当に良かった。これまでの努力が報われた気がした。

「千夏は、今どうしてるの？　学生？」

「いやいや。うちみたいな出来ワルは、高校出てすぐ働いてるわ。食品会社やけどな」

「そうか。頑張ってるんやなあ。きっと千夏やったら彼氏もいるんやろなあ」

「そうそう、それやねん。実はなあ、うち結婚することになってん。ヒロくん、来るの遅いで……」

十年前、消しゴムで告白したときの千夏の顔が目の前にあった。

「そうか……おめでとう。俺はあのとき、本当に家が大変やったやろう。女の子のことも何も関心なくて、ただ学校にいるときだけは、楽しくやろうと決めてて。千夏は、あまりにも身近すぎて言われたときは、どうしていいかわからなかった。それで、その後すぐに夜逃げすることになって……家財道具も何も全部置いたまま引っ越したから、本当に同級生たちとも音信不通になって……でも、ようやくおかあと妹二人で静かに暮らせるようになった。

働きながら勉強して、なにわ大学合格して、大学入っても生活することと勉強で手一杯。そんな俺を、新聞の元購読者の人たちや街の商店主の人たちがかわいがってくれて、なんとかあとは就職するだけになった。ようやくスタートラインに立てたと思ったので、こうして会いにきたんや」

「ヒロくん、ほんまよう頑張ったなあ。さすがはうちの初恋の人兼幼馴染や」

「やめてや、恥ずかしい。千夏はませてて、俺は子供っぽく色気も何もなかったわ。今もないけど。そして千夏はもう結婚や。いつも俺の前を歩いてるわ。俺は大きく出遅れてるから仕方ないけど、絶対幸せになりや」

「何ゆうてんの。出遅れてなんかないやん。ヒロくんは、うちらと別世界で、もっと大きな世界で大きな仕事する人や。結婚してもうちの自慢の幼馴染や。誇りや」

「なんか、うるっとくるなあ。これから就職活動が始まるんやけど、俺は東京本社の銀行に行こうと思ってる。一番競争が激しい金融界で自分がどこまでできるか挑戦してみよと思ってる」

「頑張ってや。応援するで！　でもそうなるとおばちゃんは一人になるなあ」

「おかあにも話したけど、『私のことは気にせんと、自分が行きたいとこ行き。うちは、博義が社会で活躍することが一番幸せやで』と言われた」

「ええおばちゃんやん。さすがや」

十年ぶりに千夏と会って話ができ、伊藤は嬉しい反面、一足先に大人になった千夏との距離を感じ、寂しい気持ちになった。


いよいよ就職活動が始まった。この時代は、会社訪問解禁日に一斉に学生が訪問を開始。企業は優秀な学生を確保するために解禁日初日に訪問する学生が採用水準なら、その日に内定を出し会社の保養施設に案内、以後の就活をさせないという、いわゆる「拘束」が横行した。

伊藤は就活に際しどの業種に就職しようか人並みに悩んだ結果、銀行を第一希望と決めた。幼少の頃から、「金」の怖さを知り、「金」のために母や妹も屈辱的な思いをした。

特に妹の洋子は伊藤と同じ高校に入学したが、経済的にも大学に進学できる余裕がなく、就職することになった。もともと学業も優秀であったので、関西圏を地盤とする大手銀行である天和銀行に内定したが、どういう訳か、後日になって内定取り消しをされた。進路担当の教諭が猛抗議しても、銀行からは何も説明がなかった。

伊藤は、身上調査をして、父が借財をして失踪していることがわかったからだ、と確信していた。どうせなら、そういう立場で人を見下してきた奴らを、今度は自分が見返してやる、という敵愾心が湧いてきて、天和銀行の面接を受けることにした。

結局、伊藤はまず天和銀行から、次に帝都銀行から内定を得た。

どちらの銀行でも、学生時代、英会話の教材を下宿ローラーをかけて売りまくったと話をすると、担当者がくいついてきた。

「所詮、営業は確率です。一日百軒訪問したら、まず少なくとも二、三人は話を聞いてくれます。一ヶ月続けると、数十人の材料先ができます。あとは、ゆっくりターゲットを絞って商談を進めていくだけです」等々。

持論を展開したことで、この学生は面白いと思ってもらえたのではないかと思っている。

しかし、天和銀行など行くつもりは毛頭ない。本命は、首都圏を基盤とする財閥系銀行の帝都銀行だ。天和銀行に内定辞退を伝えにいくと、人事担当の責任者が出てきて、理由を聞かれることとなった。伊藤は、その人事担当者を見下すかのような視線で、淡々と理由を語った。

「三年前、当時府立高校の三年生だった妹は、御行の内定を得て、女手一つで育ててきた母は、地元を代表する銀行に就職できると本当に喜んでいました。しかし、後日内定取り消しの通知が来ました。

進路指導の先生も、一切理由を教えてもらえないと憤っていました。翌年から、高校は御行からの求人を断りました。私の父は、多額の借金を残して失踪し、その後母は離縁しました。おおかた身上調査でもして、そのような事情がわかったからでしょう。

ありがたくも、私にも内定をいただきましたが、あいにく本人の実力以外のところで人を評価するような、大手銀行の風上にもおけない前時代的な銀行には全く就職する気持ちはありません。今日、私が御行の内定を、こちらから断ったことを母や妹に話すと、少しは気も晴れるかと思います。それでは失礼させていただきます」

理由を述べるだけ述べて、唖然とする人事担当者を置き去りにしてさっさと退出したのであった。

第三章　ブラックマネー

伊藤は、帝都銀行に入行し、大阪梅田支店に配属になった。

この頃、大卒の新入行員は一年から一年半かけて、預金、外国為替、ローン、融資業務をローテーションで習得し、それ以降に適性のある部署に配属されるのだ。

まず、全員例外なく預金課に配属されるのであるが、右も左もわからないなか、高卒二、三年目の年下の女子行員が指導員につくのが通例であった。大学の先輩からは、このときの指導員とそのまま仲良くなって結婚する者もいると聞いていたので、内心どんなきれいな女子行員が担当してくれるのかと期待していたが、見事に裏切られることになる。

同期入行の他の二名はそれなりに若い独身女子行員が指導員であったが、伊藤の指導員は、既婚で中年の預金課の主と言われ、女子行員からも恐れられていた北村課長代理であった。小柄だが部下の女子行員に厳しく指導している女性の上司であった。

周りからは「ご愁傷様」と言われ、楽しみにしていた銀行員生活がいきなり憂鬱なものとなった。しかし、後から考えれば、この北村課長代理に仕えたお陰で、単に預金の事務処理だけでなく、各業務の根拠法令や規定、判例などを教わった。多くは、業務終了後、食事や飲みに行きながらであった。この時は、他の同期が若い女子行員と仲良く飲みに行っているのがうらやましかったが、今ではありがたいと思っている。

他に、銀行の内部事情や処世術も教えてくれた。

「ええか、伊藤くん、銀行員で一番大事なことは、女子行員に好かれることや。女子行員を敵に回すと、仕事できへんで。東さんっているやろ、融資課の……」

東は、最高学府帝都大学を卒業して、三店目の融資課課長代理である。極めて優秀で、仕事でも成果を上げているが、日頃から学歴を鼻にかけて女子行員を馬鹿にするようなところがあり、一部の女子行員からは嫌われている。その急先鋒が同じ融資課の事務方で、年齢不詳の宮田女史であった。東が処理する融資書類に些細な不備があると、顧客の訂正印を求めて譲らないのである。他の担当者のときは、大目に見るか、後日徴求でOKなのだが、東の扱いだけは頑として認めない。当然、何度も口論になっていた。

ある時、どうしてもその日に扱わなければならない融資処理があり、書類に不備があったが、その日に訂正印がもらえない事情があった。

東が何度お願いしても、首を縦に振らない宮田女史。すると、突然、東が土下座して、

「何とか、お願いします」と頼み込んだのである。

さすがに、融資課長も、

「宮田さん、いい加減にしなさい！　今すぐ処理をして。不備は後日で結構」と怒鳴りだした。

この時の光景はショックであった。

北村課長代理が続けた。

「東さんも、女子に嫌われて、仕事がつまんないところで回らないわ。帝都大出のエリートより、女子行員を操れるお調子者のほうが出世するで」

この時は、なるほどと思った。


一通りのローテーションを終え、二年目の春、伊藤は営業課に配属になった。いわゆる、融資案件や取引の開拓を行うための外訪、営業活動を行う部署である。

ここでは、学生時代に築いた人脈のお陰で、新人ながら支店でトップクラスの営業成績を収めることができた。新聞配達していた購読者の人たちが、伊藤が銀行に入って地元の商店街を回るようになったことがうれしくて、メインバンクを帝都銀行に替えてくれることもあった。

また、銀行のクレジットカードやカードローン、給振口座といった基盤項目の営業においても、家庭教師先から様々な商店・企業・一般家庭を紹介してもらい、軒並み訪問し成果を刈り取った。学生時代の英会話教材の販売経験が早速生きたことになる。

ベテラン行員は、基盤項目など手間がかかるだけて、それほど重要な項目ではないので、手を抜きがちだ。しかし、最年少二年目の伊藤は、とにかく上司の言われたことはすべてその通り実践した。

支店では、キャンペーンと称して、カードローンやクレジットカードの拡販に全店あげて取り組む日が月に一日あった。その日は支店全員が暗く沈む日である。唯一、張り切って旗を振るのが営業課長の黒田であった。九州男児を自称し営業課の年上の部下でも、目標未達だと情け容赦なく叱責する。

キャンペーンの日は、

「目標達成するまでは支店に帰ってくるな！」

と檄を飛ばして送り出すのだ。

伊藤は一日の目標を達成してきたが、周りの先輩たちは平気で未達でも帰って来る。黒田の叱責を受けるのだが、一時の不愉快な思いを我慢すれば終わるので、誰もキャンペーンだからと言って、必死に走りまわる者もいなくなって形骸化していた。伊藤は、毎回目標達成し、成果を上げるものだから、黒田は常にこれを引き合いに出して先輩行員たちを叱責していた。先輩たちからは、

「そんなに一生懸命やらなくていいよ、伊藤くん。君だけ頑張っても意味ないよ。こんなあ

ほらしいことやめようよ」

と嫌味を言われていたが、意に介することなく全力で取り組んだ。

ある日、担当先の大手ゼネコン役員を訪問したときのことである。

「いやー伊藤くん。ローン組んでもらったおかげで、ぼろ儲けだよ。ありがとう」

資金使途自由のローンで、株式投資でもしたのであろう。

「これは気持ちだ」

と言って、何やら封筒を渡された。

その場で開封するのも憚られ、支店に帰って封を開けることにした。すると、なんと帯封付きの札束が入っていたのだ。

頭が真っ白になり、じっと見つめていると、黒田課長が、

「おまえ、それどうしたんだ？」

事の次第を話すと、

「あほか！　そんなもん受け取ったら懲戒解雇だぞ。すぐ来い」

凄い勢いで、先ほど訪問したゼネコン事務所へ連れていかれた。

「いいか、渡されたものは、必ず『失礼ですがあらためさせていただきます』と断って、その場で確認するんだ。現金などが入っていたらもってのほかだ。金額を問わず、相手が誰で

あれ、絶対に受け取ったらダメだぞ」

二人は、ゼネコンの応接室に通された。黒田は、その役員の前で、堂々と相手の感情を害さず札束を返したのである。

「副社長の伊藤に対する感謝のお気持ちは、本当にありがたいです。しかしながら、銀行というところは、こうした謝礼を受け取ると、受け取ったほうが最も重い処分、懲戒解雇処分を受けることになります。お気持ちだけいただいて、大変失礼ながら、こちらはお返しいたします。今後も、当行は副社長のお役にたてるよう、努めて参りますので、何かあればこれまで同様、この伊藤にお申し付けください」

「わかった。そうか、銀行は堅苦しいなあ。こんなんで解雇になってたら、わしは何回会社辞めなあかんかわからんわ。はっはっはっ」

　と豪快に笑い、事は収束した。

その後も、この役員とは良好な取引関係を築けることになったのだ。いつかはどんな立場の人とも堂々と、それも謝絶しなければならないときでも、臆せず話せるようになりたいと思った。

　黒田課長の指導もあり、伊藤の働きぶりは支店長の目に留まることとなる。成果の上がらない先輩行員が担当していた企業を次々と引き継ぐことになり、あらゆる項目で圧倒的な成果を上げるようになっていた。

そしてついに、日本一の取扱資金量を誇る新宿歌舞伎町の真ん中に店を構える歌舞伎町支店に栄転することとなった。こうして伊藤は、生まれ育った大阪の町を後にして、東京に乗り込むこととなるのである。


期待に胸を膨らませて歌舞伎町支店に乗り込んだが、実はとんでもない支店であることが後からわかったのだ。また、大阪で生まれ育った伊藤は、着任後しばらくなじめずに苦労した。

何より、人情が大阪とは全く違い、淡泊なのである。行員も取引先も、とにかくプライベートに関することには全く入り込む隙を与えないため、親密になったという実感がわかないのだ。

ただ、慣れていくうちに、それがこちらでは当たり前で、伊藤に対してだけそういった態度をとっているわけでなく、皆がそういうゆるい人間関係で結びついているのだとわかった。

当時は不動産融資に対し、いわゆる総量規制が加わり、バブル経済に陰りが見え始めて、これまで好調だった不動産業向に伸ばしてきた貸出金の取扱いが急速に減速することになった。

上司である三島営業課長は、以前のように思い通りに業績が伸びないことにイライラし、毎朝の朝礼で成果の上がらない行員を厳しく叱責していた。そのやり玉にあがっていたのが伊藤であった。まだ着任したばかりにも拘わらず、ろくな担当先も与えられず「担当先は自分で開拓してこい」と全く酷い扱いを受けていた。これでは、しばらく成果が上がらないのは当たり前だ。

この三島はかなり曲者で、不動産融資全盛の時期に銀行では扱えない百億、千億円単位の融資を系列ノンバンクに紹介し、その見返りとしてリベートを受け取っているという噂がある人物であった。

着任早々、歓迎の意味で歌舞伎町の高級クラブに連れて行かれた。その勘定の時に、パーソナルチェックという個人向けの小切手を切っていた。取引交渉もかなり強引で、優越的地位を利用して自分の言い分を一方的に飲ませるという評判だった。

いつもイタリア製のネイビー系の派手なスーツを着こなし、長髪をなびかせ、「鞄はダサい」と言って、手ぶらで外訪していた。外で会うととても銀行員には見えなかった。

当時、銀行の被接待は当たり前で、担当者も恩恵にあずかった。

料亭での飲食などは朝飯前で、ここ歌舞伎町では地域柄それに見合った接待を受けている先輩もいた。

歌舞伎町は、いわずと知れた風俗店の聖地である。こうした店での接待も公然と行われていたので、三島が業者からリベートを受け取っているという噂もあながちウソではないのではないか、と皆心の中で思っていたのだ。

同じ押しが強いと言っても、大阪梅田支店の黒田課長の規則等を遵守したうえでの厳しさとは一線を画していると感じた。三島なら、伊藤がかつて受け取ったゼネコン役員からの札束など、黙ってポケットに放り込むに違いない。いや、三島だけでなく、歌舞伎町支店全体が、何か裏社会に生きる人たちの嫌な臭いがするようだった。

伊藤はこの三島の叱責など全く意に介さず、学生時代に教材販売で鍛えているので、一日百軒、新規開拓のための訪問を続けてきた。営業など所詮確率だと割り切り、一日百軒の訪問で、二、三軒話ができたら一ヶ月で数十軒材料先が集まり、その中から数軒成果につながる。それを信じて訪問を継続できる精神力がすべてだと思っていた。

周囲の先輩行員はといえば、三島に叱責されると朝連れ立って喫茶店に駆け込み、愚痴を言いあい、気分転換したところでようやく訪問を開始するといった有様だった。ひどい時には、昼前まで喫茶店で油を売って、一軒も訪問しないで支店に戻ることもあった。


ある日、いつものように三島が怒鳴っていた。今日の生贄は、歌舞伎町支店に入行したばかりの女性営業担当の川上由美だ。ようやく三島から解放されると、伊藤は由美にそっと声をかけて、滅多にないことだが、喫茶店で話すことにした。

「伊藤さんも、いつも随分ひどい言われ方してますけど、平気なんですか」

由美が疲れ切った表情で聞いてきた。

「川上さんこそ、大丈夫？　まだ入行二年目やろ。歌舞伎町支店はこんな早く外に出すんか」

由美は、数年前に施行となった男女雇用機会均等法によって制度化された女性総合職行員である。総合職とは、大卒男子と同じ処遇で、全国への転勤あり、あらゆる業務を担当する行員で、支店窓口や事務等、業務に制限のあるいわゆる一般職の女子行員とは異なる。服装も、一般職行員は制服であるが、総合職女子は私服、専らスーツであった。よく見ると、小柄でかわいい顔をしているのに、いつも同じような紺のスーツでは色気もなにもあったものではないなあと思っていた。

そのため、支店のほとんどの一般職の女子行員からも敬遠され、自然男性社会にどっぷりはまった職場環境になるのである。日頃は、他人のことなど気に掛けるのは時間の無駄だと思っている伊藤も、さすがにこのところ三島からの叱責がひどくなり、げっそりしている由美を見ていると、声をかけたくなった。

「銀行は、というか、配属先の支店は、私たち総合職女子なんか早く辞めて欲しいんですよ。だから、ローテーションが終わったら、いきなり二年目から営業課に配属するんです。同期の子も、集金先ばかり担当させられ、こんなことをするために銀行に入ったんじゃない、辞めようかと言ってます」

話を聞いて、伊藤は所詮甘ちゃんの考えだ、と心の中で嘲笑った。おそらく、由美も他の総合職女子行員も裕福な家庭で育ち、一流の教育を受け、ひどい叱責も受けたことがないのだ。この由美も、新潟の大病院の院長の娘で、一流私立大学である慶徳大学を首席で卒業した才媛だ。今は銀行の女子寮に住んでいるという。

「川上さん、できへんのを人や環境のせいにしている奴に、この社会で、ましてや競争の激しい銀行で生き残れるわけないで。俺なんか、着任したときに割り当てられた地域は、初台と代々木や。個人に毛の生えた零細企業と地主ばかりで、たまにまともな会社や、と思ったら過去先方から取引を断られた取引先や。だからといって、もっとまともな担当先ください ゆうて、上がはいそうですね、となるか。自分が支店長やったらどうする？」

「そうですね。しばらくその担当者がどういう仕事するか、実力があるか見てみますね」

「そうや、なかなか賢いやんけ。俺が支店長でもそうするわ。だから、今は腐ってる暇ないんや。引き継いだ先だけでなく、調査会社からデータ取って、担当地域内の取引のない企業をかたっぱしから訪問するしかないやろ。与えられた環境で、結果出すしかないし、それがプロの仕事や。俺たちは給料もらってるんやさかい、もらった分稼ぐんやちゅうプロ意識がないと失格や。おかげ様で、毎日百軒訪問でようやく数十軒まともに話できる先が出てきたわ」

「そうそう、伊藤さんって毎日百軒訪問してると噂ですけど、どうしたらそんなに回れるのですか？」

「学生時代、英会話の教材販売のアルバイトをしてたんや。その時も一日百件訪問したから、今は屁とも思わん。営業なんて、所詮確率や。百軒回るとさすがに、二、三軒は話を聞いてくれるやろ。それを毎日繰り返してみ。一ヶ月で数十軒話を聞いてくれるところが出てくるわけや。俺は、この支店に着任したばかりでうだつが上がらんが、あと三ヶ月もすれば、左うちわで楽勝になってるわ」

「けど、その材料先が結果に結びつくとは限らないんじゃないですか……」

「鋭いなあ！　そう、自分で訪問するだけじゃあかん。せっかく会えるようになった先に決定打を打たなあかんやろ。そのためには、支店長や副支店長という権限者と同行訪問して、トップ同士で話をして決める場面をつくらなあかん。俺が会えるのは、せいぜい零細企業の社長や。まあ、そんな数社に新規貸出獲得できたけど、もっと大きな仕事せなあかんやろ。だから、上司の目に留まることが大事や。こいつは、他の奴と違うぞ、と」

「そういえば、最近山本副支店長とよく出かけますね」

「あれはあかんわ。謝ることだけが取り柄の苦情処理係やなあ。けど、謝罪に関してはピカ一や。ほんまびっくりするで。けど、やっぱり支店長を引っ張りださんとあかんわ」

山本は、高卒で副支店長まで上り詰めたたたき上げである。当時は高卒のキャリアの最高がほぼ副支店長で、まれに支店長になる者もいた。山本のこれまでの経歴は住宅店舗で個人営業のキャリアしかない。法人取引についてはおぼつかないが、相手の懐に入るのは名人芸ともいえる技を持っている。

加えて、酒が一滴も飲めないのにあから顔で、飲み会の席でも酔わずに場を盛り上げる宴会部長である。このような話を取引先で面白可笑しく話すので、顧客からも人気があるのである。

先日も、些細なことで取引先を怒らせた際、同行をお願いしたが、社長と会うなり、

「社長、この度この伊藤が失礼極まりないふるまいをいたしまして、本当に申し訳ございません。この山本、歌舞伎町支店長に代わりまして、伏してお詫び申し上げます。どうか、この山本に免じてご容赦賜りますようお願い申し上げます」

と、いきなり百二十度のおじぎをした。あっけにとられていた伊藤の尻をしたたかに平手打ちし、「ぱしっ」という音が響き渡った。伊藤も百二十度お辞儀で、

「も、も、申し訳ございませんでしたっ！」

と、しどろもどろになり、しばらくお辞儀を続けていた。

すると、社長がその様子を見て笑い出し、

「いや～副支店長さん、伊藤さん、もうよろしいですよ。お気持ちよくわかりましたので、

頭を上げてください」

と機嫌を直したのである。

そんなことを思い出しながら、

「まあ、そのうち支店長の目に留まり、支店長引っ張りだせたら、もっと成果が上がって、左うちわで生活できるようになるわ」

と話した後、もうひとつ、話しておきたかったことを語った。

「ええか、よく集金が大変やゆうて、文句言っとるやついるけど、俺から言わせたらアホや。そんなもんやめてしまえばええだけや」

「でも、先方に言っても、ダメだと言われるだけですよね」

「おまえもそういうこと言うんか！　通常規模以上の会社で当行員が集金して一番助かるのは誰や？」

「経理の担当者ですかね」

「そうや、その会社の社長の仕事が楽になることないやろ。だったら、社長が喜ぶサービスを提供して、その代わり集金をやめさせてもらえばええだけや。集金なんか、信用金庫にまかせとけばええやないか」

「でも、経理の担当者や責任者に言っても、反対されるだけじゃないですか」

「当たり前やないか！　そんなもんは社長に言わなあかんやろう」

「でも、私なんか社長とは会えないですよ」

「そのための上司やろうが。こういう提案社長にしたいから同行してくださいゆうて、さっき、俺がゆうたみたいに引っ張りだすんや」

「伊藤さんって、他の行員と発想が全く違うし、何というか意志の強さを感じますね。一日百軒の訪問にしても、普通の人にはできないですよね。断られてばかり続くと、嫌になりませんか」

もっともな質問である。

「まあ、めげるで。でもな、この訪問の先には栄光の勝利が待っている！　と思えば、間に合ってます！　と塩まかれるのも、頑張れ！に聞こえてくるんや。それになあ、俺はこれまでに、もっと辛い目にあってきているから、叱られたり、断られたりするのは何でもないわ。結局、頭でこれだけ訪問せなあかんとわかっていて、それを本当に実行できる奴だけが成功するんや。喫茶店でくだ巻いてる暇あったら、一軒でも多く回る。それが営業のすべてや。特殊な能力なんかいらん。営業なんか、所詮確率や。そう信じて、継続訪問できる奴だけが生き残るんや。それには精神力がすべてや。俺は、この仕事は天が与えてくれた仕事やと思ってるで」

「もっと辛いって、どういう体験ですか？」

「今は、秘密や。また今度な」

言うだけ言って伝票を取り上げ、由美を残して伊藤は喫茶店を出て、訪問を開始した。

その後、由美からは、仕事の相談を持ち掛けられることが増えてきて、電話で話すようになっていた。支店にいるときは、女性総合職でございい、と新人のくせにつんとした態度が鼻につく奴だと思っていたが、電話で話すときは弱みを見せたり、時には甘えてくることもある。そんなギャップが不思議な魅力で、なんとなく相手をしてきた。

そんなある日のこと、いつものように電話で話すことがあった。

「伊藤さん、いつか言ってましたよね。もっと辛い体験って。どんな話か聞きたいです」

「そうか、このところ営業成績も上向いてきたし、祝勝会もかねてパッとやろうか。そのとき話すわ」

「本当ですか！　うれしいです。伊藤さんとなら、どこでもついていきます！」

何と大胆な、と思いながら、では、といきなり高めのストレートを投じる。

「じゃあ、今度の金曜日、オリエンタルホテルで。ちゃんと外泊届出しとけよ」

一瞬、由美が唾を飲むのがわかった。しばらく沈黙し、

「はい」

と小声で返事があった。電話口の向こうで､顔を赤くしているのが見えるような気がした。

他の担当者が喫茶店で油を売っている隙に訪問を続け数ヶ月が経過すると、新規に融資を貸し出した先も出てきた。すると、山本副支店長が、今まで以上に伊藤を誘って同行訪問するようになった。ともあれ副支店長と訪問することで、実権者に会えることも多くなり、伊藤の成果が目に見えて伸びてきた。

こうなると、伊藤の活躍が支店長の目に留まらない訳がない。支店長は、銀行で有名だった峻厳な三名の支店長のうちの一人、田端である。学生時代、東京オリンピック柔道の強化選手として活躍した典型的な体育会系の幹部で、帝都銀行には珍しいタイプだ。伊藤の着任後しばらくして転勤してきた。

田端支店長とも同行訪問する機会が増え、案件がますます円滑に進むようになり、ほぼすべての業績項目で伊藤の成績が上位に入るようになっていた。この時代の銀行は、社員食堂に項目ごとの成果グラフを張り出し、誰が稼いでいるか、足を引っ張っているか、一目瞭然であった。今では、ハラスメントで一発アウトであるが。

食堂で食事をしていると、

「わあー、また、ヨッシーが一番だ」

伊藤は、女子行員からは、若手男子行員では一番の人気で「ヨッシー」と呼ばれていた。

すべてが順調に回りだした。しかし、これまで沈黙していた田端支店長が、いよいよその本性を現し、粛清の嵐が吹き荒れることになるのである。


田端支店長が着任して、半年が経とうとしていた。営業課と融資課の男子行員は、誰もが、

「なんだ、田端支店長って、怖くないなあ」

と胸をなでおろしていた。

しかし、それが甘かったとすぐに思い知ることになるのだ。年が明けてすぐの支店の渉外会議で、融資課の課長代理がいきなり攻撃のやり玉にあがったのだ。これまで、ほぼ発言のなかった支店長が話し出した。

「フジミツ産業の担当は誰だ」

「はい、私です」

融資課課長代理である浜口が答えた。

「私が着任してから、ここ半年、運用も調達もひどい数字じゃないか。ここは、実質当行一行先だろうが。どうしてこうなるんだ」

運用とは融資取引、調達とは預金取引のことで、銀行の収益に直接結びつく基幹項目のいずれもが、ここ半年、じりじり減少していることが後から調べてわかった。

「はい、その……」

浜口は、数字が落ちていることすら把握していなかった。問題債権を主に担当させられており、多忙なのである。当行一行先である基幹先なので、つい足が遠のいたのであろう。

「社長に会ってきたんだよ」

田端支店長の一言が皆を凍りつかせた。

「おまえが全然訪問しない間に、あろうことか、地元の信用金庫が入り込んでんだよ。はあ？　この帝都銀行が、信金ごときに足元すくわれてるんだよ。恥を知れ！」

会議室に怒声が響き渡った。支店長は、いつの間に社長を訪問していたのか。男子行員全員が自身の担当先を思い浮かべ、一刻も早く取引状況表を確認したいと思った。

当時の支店一の基幹先であるフジミツ産業は、外食チェーンを展開する企業であった。オーナーは独身の女性。中年の域に達しているが、その美貌は業界でも評判だった。しかし、そういう女性に限って、銀行の支店長や担当者の好みが偏る。この社長に嫌われた銀行、というより、支店長、担当者は取引をどんどん縮小されるのだ。奇しくも当行が、その不名誉な銀行になったわけである。

「フジミツ産業の担当を、本日から営業課の伊藤に変更する。いいか、やる気のない奴は、どんどん担当を取り上げるぞ。俺はこの半年間で、お前らの日誌を読み、取引先の数字を見てきた。なんだ、お前ら。バブルの上にあぐらかいて、汗をかかずに楽に成果を上げようとしてる奴か、問題債権回収に汲々としている後ろ向きの奴ばかりじゃないか！　何が、連続優秀店だ、こら。笑わすな。バブルは終わったんだよ。頭切り替えないと、あっというまに不振店になるぞ。そうなれば課長は全員降格だ！」

一同、震え上がった。眠れる龍がついにその本性を発揮したのだ。

「俺が見てきて、まともな営業活動しているのは、伊藤だけだ。伊藤のように、死に物狂いで訪問しろ！　訪問軒数増やすのは、誰にでもできるだろう。訪問すれば、成果も上がるんだよ。伊藤の担当地区は、どこだ？　初台・代々木だろうが。何もないとこだ。けど、成果が一番出てるじゃないか。どんな担当地域でも回れば成果が出るんだ。いいか、訪問しない奴は、やる気がないとみなす。やる気がない奴からは、担当取り上げて伊藤に担当させるぞ！」

突然の支店長の叱責に、皆驚いた。伊藤自身も大変なことになった、と思った。伊藤以外のほぼ全員が、やはり甘かった、もっと頑張っていればよかった、と後悔したが、今や遅きに失した。特に、これまで担当だった浜口はがっくりうなだれていた。浜口は、その後ほどなく退職することになる。

成果至上主義のこの支店長のもとで、数名の男子行員が伊藤の在籍期間中に退職した。これは異常事態であったが、当時はパワハラという概念もなく、成果さえ上げていれば銀行人事部からも何もお咎めはなかった時代である。支店の空気は重いものとなり、誰もが明日は誰が辞めるのか、戦々恐々として過ごしていた。

この日の朝は、しばらく支店内部で資料を作成していたら、伊藤の目の前に初老の婦人が立っていた。

「いらっしゃいませ」と声をかける。

「私、経堂に住んでいる髙橋といいますが、六車さんはいらっしゃいますか」

「はい、六車ですか。あいにく六車は、先日より体調を壊して入院しておりますが、私でよろしければ代わりにお話しを伺います。どうぞ、おかけください」

六車は、「ロクちゃん」と呼ばれている営業課の個人班のベテラン行員であった。高卒たたき上げで、温厚な人柄から、主に高額預金者の担当を任されている。担当地域も広く、車で移動しているのであるが、それが原因でヘルニアを悪化させて入院した。目の前に座った髙橋は、開口一番発した。

「実は、先月預けた定期預金の証書をまだ受け取っていないんですが。私もうっかりしていて、しばらく忘れていたんですけど」

「ここでは何ですので、こちらへどうぞ」

話を聞いて、これはまずいのではないかと思い、応接に通した。生憎、三島課長も外出していたので、まずは自分が話を聞こうと思った。

応接に入り、髙橋は話し出した。

「六車さんには、いつもお世話になっているんですの。わざわざ経堂まで、必ず月一回は訪問してくださいます。先月、二月十四日でした。この日は、バレンタインデーで、六車さんにもチョコをお渡しして、少しばかりですけど定期預金もお願いし、現金五百万円を預けたんです」

「ありがとうございます」

深々とお辞儀した。しかし、五百万円を少しばかりといい、これまで忘れていたとは。こういう金持ちになりたいものだ、と思った。

「でも、その時に作った定期の証書、先週来られたときにもらってないんですよ」

先週といえば、六車が入院する直前だ。反射的に非常にまずいことになっているのでは、と感じた。

というのも、この頃歌舞伎町支店の男子行員の間では、業務終了後に麻雀が盛んに行われていた。支店長の田端、副支店長の山本、三島課長の三人が定例メンバーで、あと一人を加えたグループを「メジャーリーグ」と呼んでいた。それに倣って、伊藤ら若手行員は「マイナーリーグ」と称して別グループで楽しんでいた。

しかし、ある日、伊藤たち若手が雀荘に入ったら、何とメジャーリーグの面々が卓を囲んでいたのだ。

「おお、ヨッシー。何だ、若手も麻雀するのか」

山本副支店長の嬉々とした顔。

それに対し、若手四人は真っ青になり、翌日以降、メジャーリーグに誘われないか、戦々恐々としていた。

メジャーリーグの定例三名は、上級クラスで腕前もずば抜けており、残りの一名が大抵負けることになる。したがって、マイナーリーグでトップを取った者が、次回メジャー参戦するといった暗黙のルールができあがってしまい、伊藤もマイナーリーグで稼いだ戦果は、ほぼメジャーリーグ参戦時に吸い取られることになった。

こんな状況なので、マイナーリーグは自然解散となり、メジャーリーグの残り一名はほとんど指名制となり、六車が相手をすることが多くなった。これが問題で、ほぼ六車の一人負け状態が続き、ボーナスで負け分を清算しているという噂が流れていた。

六車のヘルニアも、仕事時の車の運転より、麻雀のやり過ぎじゃないか、とまことしやかにささやかれていた。

「しばらくお待ちください」

これは、大きな事件につながるのではないか――

そう直感した伊藤は、副支店長の山本を呼び出し、応接に案内した。

しばらくして、応接から山本が出てきた。

「ヨッシー、さっき髙橋さんから聞いたことは、他の誰にも言うんじゃないぞ」

いつものへらへらした顔でなく、すごみのある目で訴えられた。

「承知しました」

その場では答えたものの、そのまま黙っていることはできなかった。副支店長は支店長室に入り、長時間出て来なかった。


上席からは、「六車事件」については、その後何の説明もなかった。

伊藤は気になったので、二月十四日の定期預金の取引内容を調べてみようと思い、預金課の秋山玲子に話しかけた。玲子は、新規口座開設や定期預金の受付窓口、いわゆるローカウンターのテラーで、預金部門で支店一の成果を上げている高卒六年目の中堅職員だ。

「それ、山本副支店長から言われて、髙橋さんの定期預金の新約、調べたんだけど、ないのよ。何も。何回も、前後三日の分も調べたけど、現金での定期新約はなかった。取次票には、預かったと記載があったんだけど、預金課の受領印がないのよ。だから、そもそも定期預金を新約してないの」

銀行では、お客さまから預かったものは、すべて取次票に記載し、複写式の控えをお客さまに渡し、支店に持ち帰ったものを担当の係に持っていき、受領印をもらう。この場合、現金五百万円を預金課の責任者に預け受領印をもらい、出来上がった証書をお客さまの担当者が金庫に保管することになる。その証書をお客さまに返却する際に、お客さまの印鑑かサインが必要なのだ。

五百万円が預金課に渡っていないとすると……

「えっ、それって……」

「そう、業務上横領かも。六ちゃん、麻雀で負けが込んでたって噂だし、おまけにヘルニア悪化してお金に困っていたんじゃないかなあ。何の説明もないけどね。もしそうなら、懲戒解雇？」

「多分そうなるなあ。ロクさんも、支店幹部の生贄になった犠牲者やないか。やりきれんよ」

しばらく何事もなく過ぎた。四月になり、年度が変わり、六車が退院してきた。ヘルニアが癒えてすっきりしているはずなのに、すっかり憔悴しきって、げっそりやつれていた。六車は、すぐに支店長室に呼ばれた。支店長と出てきたと思ったら、支店長が臨時朝礼だ、と言い、皆がフロアに集まることとなった。

「この度、六車くんが転勤になった。転勤先は高松支店だ。ご承知の通り、六車くんは体調を崩し入院していた。本人の希望もあり、故郷の四国の支店で、体調を回復させながら勤務を続けることになった。引き継ぎは、長期入院していたときにほぼ後任がフォローしているので、本日が当店最終日になる。では、六車くんから挨拶をしていただく。六車くんよろしく」

支店長に促されて、六車が最後の挨拶をしていた。

おかしいぞ！　一体何があったんだ！

伊藤には、六車の話は全く頭に入らず、いつの間にか挨拶は終わり、形ばかりの拍手がむなしく響いていた。

六車は席に戻り荷物を整理しだして、まとまったところで営業課のメンバーに挨拶し、そのまま出て行ってしまった。

髙橋さんの定期預金五百万円はどうなったのか？

色々聞きたかったが、おそらく支店長らがそうさせないために、発令が終わったらすぐに引き払うようにしたのであろう。こんな転勤の風景は、初めてであった。

その日はいつもより早く帰店して、ローカウンターで残処理をしている玲子のところへ行った。ローカウンターは、他と離れているため、小声なら周りに聞かれることはない。

「ロクさん、転勤だね。あの定期の件は、どうなったかわかるか？」

玲子はうつむきながらしばらく黙っていた。

「これは……絶対に、誰にも言うなと山本副支店長に言われて……だからここだけの話にして」

「わかった」

「伝票で調べても、定期を作成した跡がないって言ったわね。それからしばらくして山本副支店長から直接呼ばれて、『この五百万円で、定期預金を新約してくれ』って言われた」

「えっ、五百万円出てきたの！」

「私にはそうは思えないけど、聞くのが怖かったから……何も説明ないし……支店長始め、上席者が自分で出したか、ロクさんから回収したか、わからないわね」

真相は謎であるが、支店上層部が不祥事を隠蔽したのは明らかだ。六車が追い詰められた理由が、あろうことか支店内での賭け麻雀、しかも上司が巻き上げていたことが判明すると、ただでは済まないからである。

一体、どうなってるんだ、この支店は！　伊藤の胸にどうしようもない怒りが込みあげてきた。

ある月曜日の朝、一本の電話が山本副支店長のもとにかかってきた。電話を終えると、課長以上の支店幹部が集められ会議室に入った。伊藤は、田端支店長が来ていないので、電話の主は支店長と推測した。皆、何があったのか興味津々で成り行きを待っていた。

全体朝礼が始まり、山本副支店長から説明があった。

「田端支店長は、ご実家で不幸があり帰省されています。今週一杯お休みになりますので、今週の支店長の予定は、私が代行で訪問、出席するので、この後担当者から各案件につき説明してください」

この話はこのまま終わったが、この後とんでもないことがわかるのである。

融資課課長代理の今泉は、伊藤と気が合いよく飲みに行ったり、麻雀のマイナーリーグでも楽しく付き合っている先輩である。いつも三島営業課長の無理筋融資を通すために苦労しているのに、営業成績が不芳だという理由で、田端支店長や山本副支店長から、サンドバック状態に叱責されていた。しかし、本人は達観した感があり、どうせいつかはどちらか転勤になるんだから、我慢だと言い聞かせながら、女子行員に自虐ネタを連発している憎めない先輩だ。

ある日、この今泉と飲みにいったとき、驚くべきことを聞いた。

支店からすぐ近くの行きつけの中華料理店で、深刻な表情で話す二人は、他のテーブルで談笑している客たちから浮き上がった存在に見えた。

「ヨッシーは、いつも田端支店長の覚えもめでたく、今や歌舞伎町支店のエースだから話すけど、これは絶対誰にも言ってはいけないぞ。課長と副支店長だけ知っている極秘情報だ」

「何ですか、興味深々ですね」

「この間、支店長が休んでいたろう。あれ、何で休んでたと思う？」

「実家で不幸があったからやないですか」

「違うよ、聞いてびっくり！　実は、ゴルフ帰りに飲酒運転で自損事故起こして、警察に拘留されていたんだ！」

「えっ、本当ですか？」

「本当だ。これは、うちの課長から俺だけ聞いたんで間違いない。これが漏れたら、俺や融資課長は大変なことになるから、絶対誰にも言うなよ。ヨッシーも、今覚えめでたい田端支店長がいなくなると困るだろう」

　唖然としてしばらく何も言えなかった。

「『絶対、本部にも報告するな。もし他言した奴がいたら承知しない。逆に、この難局を乗り越えることができたら、課長全員に支店長裁量で出せる賞与を全部振り分けるのに加え、俺のポケットマネーで報いる』と副支店長と課長に話があったそうだ」

何だそれは！　一瞬、伊藤は耳を疑った。

「本当さ」

今泉は平然と答えた。さらに、続けて驚くべきことを語りだした。

「ロクちゃんの件も酷いんだぞ。聞いている？」

もちろん、伊藤は聞いているはずもない。

「いいえ」

「ロクちゃん、顧客から定期預金にと預かった現金を使い込んでいたんだ」

「えっ！　そんなことしたら懲戒解雇やないですか」

やはりそういうことだったかと思いながら、伊藤は答えた。

「本当はね。けど、支店長が不祥事を隠すために、ロクちゃんに他の銀行で金を借りさせて、それでも足りない分を、支店幹部、たぶん支店長、副支店長、三島課長で出し合ったらしいよ」

「……」

伊藤は、しばらく何も言えなかった。どうしようもない、銀行の闇を見たような気がした。

「どうして、誰も何も言わないんですか！　どちらも犯罪の隠蔽ですよ！」

今泉は、半ば諦めたような表情で語りだした。

「あのなあ、ヨッシー。銀行の支店長は、中小企業の社長なんだよ。支店の業績が良ければ、幹部社員ほど自分たちの評価も上がり、ボーナスも跳ね上がる。支店幹部のボーナスは、優秀店と不振店では数百万円単位で差がつくんだ。だから、皆支店長のもと、必死に業績を上げるために駆けずり回る。支店一丸となって邁進している時に今回のような不祥事が表に出たら、もうおしまいなんだよ。だから、支店長が隠蔽しても誰も何も言わない。下手に進言して逆鱗に触れ、バツをつけられると、その先の昇進は止まるんだ。少なくとも事情を知っている幹部行員で密告するような者はいないと思うよ」

「ロクちゃんの事件は、業務上横領やないですか。それをほう助したことになりますよ。そんなことしたら、普通の会社じゃ懲戒解雇やないですか」

「その通りや。けど、それを訴えたところで、その報いが支店全体に及ぶんだぞ。そんなのアホらしいよね。結局、皆自分の身分や処遇が確保できればいいんだよ。そのために、嫌な上司にも尽くす。不正にも目をつむる。銀行って、正直者が馬鹿を見るんだよ。どこの支店も程度の差があるけど、似たようなことしてるよ」

伊藤は、違う！　と叫びたかった。少なくとも大阪梅田支店では、そのようなことは一切なかった。支店長も課長も、尊敬できる人物だった。しかし、ここ歌舞伎町支店では、支店長が自らの不祥事を部下に見逃せと強要し、業務上横領の隠蔽を図っているのだ。

伊藤は、言いようもない不信感と不快感を抱きながら仕事を続けていくことになる。

その後も田端支店長の強権的な支店運営は変わらず、毎週月曜日の会議では、男子行員は戦々恐々としていた。この日も、朝から田端支店長の怒声が鳴り響いた。

「今泉！　三ヶ月連続、長期貸出金ゼロとはどういうことだ？　やる気あるんか！」

「はい、申し訳ございません」

このところ、今泉が集中的にやられている。

「やる気あるんかと聞いてるんだ」

「はい、あります！」

「やる気ある奴が、どうして一日に数件しか当たってないんだ。やる気ないんだろう？　どうなんだ！」

「そんなことありません！」

「先週もそんなこと言ってたなあ？　これがやる気ある奴の折衝軒数か？　ふざけるな！　やる気なんかないんだろう！　いいかお前らも、やる気ない奴は、今すぐ辞めろ！　稼がない銀行員など、給料高いだけで、いないほうがましなんだよ！　それが嫌なら、死ぬ気で頑張って稼げよ！」

怒鳴りながら、手に持っていた資料を机の真ん中に投げつけた。

朝から、皆凍り付いた。誰一人として話す者はいなかった。

伊藤は、直接叱責されることはなかったが、周囲の先輩たちが、このように怒鳴られ、資料を投げつけられ、時に灰皿を壁に投げつけられたときは、恐怖と不快感を抱かざるを得なかった。


営業課と融資課の男子行員は、一人また一人と退職していき、融資課で唯一伊藤と親密であった今泉も、ついに退職することになった。今泉と二人で送別会を行うことになり、行きつけの中華料理店で飲んでいた。

「今泉さん、もう少し待って欲しかったです。残念です」

「ありがとう。歌舞伎町支店は異常だよ。こんなしごきにも似たいじめ、セクハラ、不祥事が続出しても隠蔽する。行員のモチベーションは最低、ただ業績だけはいい。普通、業績がよかったら、もっと行員も活き活きするはずだけど、皆おびえてビクビクしながら仕事している。俺たちは、何のために働いているのか、わからなくなってきた。ヨッシーはいいよ。支店長も評価してるし、実績あげてるから何も言われないので。でも、俺はこれ以上銀行にいても同じだよ。どうせここでバツをつけられてるんだから、一生追いつけないしね」

「そんなことないですよ。僕も、大阪梅田からこちらに来るときは、すごく期待していたんです。でも、さっき言われた通り、モラルもコンプライアンスも何もない。着任早々、先輩たちが得意げに取引先から風俗店の接待を受けたことを話しているのを聞いて、愕然としました。三島課長の金遣いも異常だったし、不動産業者からリベートをもらっているという噂も本当なのかもしれません。

大阪梅田支店の課長は、正しい銀行員としての在り方を叩き込んでくれました。今日私があるのは、その方のお陰と感謝しています。

でも、ここはただ卑しく顧客から儲けを吸い取ることと、行員を使い捨てのコマにしか見ていない。使えない者は辞めろ。僕もこのごろ、何のために銀行に入ったのかわからなくなってきました。

今泉さん、僕は今回のことを通報しようと思います。犯罪まで隠蔽して、業績を上げ、評価を上げても誰も喜びませんよ！」

「でも、それは慎重にしたほうがいいぞ。支店長飛ばしても、また次来る支店長も同じようなことをするかもしれないし。ただ、我慢して転勤になるのを待っているんじゃないのかなあ、みんなは」

今泉からは、こう言われたが、伊藤の気持ちは決まっていた。

「でも、何はともあれ、長い間お疲れ様でした。次は決まってるんですか」

「ああ、いちおう。損保に行くことにした。他の人には言わないで」

聞くと、大手損保会社だった。

「おめでとうございます。よかったですね。銀行は統廃合が進み、これから生き残りが大変な時代になりそうですし」

実際、歌舞伎町支店に在籍している間に、同じ都市銀行で関西のある県を地盤とする銀行と合併している。銀行名はそのまま残ったが、今後さらに第二第三の合併が繰り広げられるのは、後の歴史が証明するところとなる。

今泉もそうだが、歌舞伎町支店で辞めていった行員たちは、ここ歌舞伎町支店に来なければ、辞めずに活躍できたと信じる優秀な人材ばかりである。

それだけに、残念でならなかった。話は尽きなかったが、そろそろ終電の時間となった。今泉の今後の活躍を祈りながら、伊藤は一人帰路についた。


しばらくして、田端支店長が突然退職した。通常、支店長を卒業するにしても、関連会社の役員で出るのが通常で、完全に退職するのは異例のことである。これまでの様々な隠蔽に関わった一部幹部行員は皆、不祥事の隠蔽がばれたのだと思った。悪事が明るみになったと戦々恐々として、自分にも火の粉が降りかかるのではないかと、不安な毎日を送ることになる。まさか伊藤がこれまで知り得た情報を、銀行人事部に匿名で通報したことに思い至る者は皆無であった。左遷人事が他に及ぶこともなかった。ようやく、支店に平和が訪れた。

しかし、一度不祥事まみれになった歌舞伎町支店の業績が、再び盛り返すことはなかった。その後、人員も二番手三番手レベルの行員しか配置されなくなり、業績も凋落の一途をたどり、やがて銀行の店舗統合の流れに飲み込まれ、近隣の支店に統合され消滅することになる。

伊藤は、田端支店長には感謝していた。支店長が評価してくれたことも充分承知していた。しかし、悪事を隠しておくことは許せない、という伊藤の強い決意が、田端の銀行員生活に終止符を打たせる選択をしたのだ。裏切りではないのかとも思ったが、やはり他の行員への振る舞いや辞めていった行員のことを考えると、自身の行動を止めることはできなかった。伊藤の決意が、田端支店長はじめ、この支店と多くの行員の運命を変えたのである。

一方、歌舞伎町支店で圧倒的な成果を上げた伊藤は、その後さらに店格の高い本店営業部に転勤になった。帝都財閥系企業が取引先に名を連ねる誰もが一度は働きたいと願う花形の職場である。伊藤は、衰退していく歌舞伎町支店を出て、自分だけが栄転することができたことに後ろめたさを感じ、素直に喜べないでいた。


この頃、伊藤は預金課の秋山玲子と結婚した。

川上由美とはしばらく付き合ったが、所詮育った環境や価値観が異なり、すれ違いが多くなった。

由美は良家の娘らしく、とにかく人を出身や立場で判断することがある。服装もブランド品で揃えている。伊藤の誕生日には、何を思ったか、十万円以上する仕立てのスーツをつくってあげると言って店へ連れて行かれた。

伊藤の部屋に来た時、伊藤が丸い持ち手のついた子供用のスプーンを使っているのを見て、新しいものを買ってきた。このスプーンは伊藤が御食い初めのとき両親が買ったもので、夜逃げして家財道具を置いてくるなかで、母がこれだけはと持ってきたものなのだ。

由美にはこれまでの伊藤の生い立ちをこと細かく話はしていたが、由美にとっての伊藤は、目の前にいる支店一の稼ぎ頭でありエリート銀行員にしか見えず、苦境のときの伊藤や家族の心境はとても理解ができないものだと諦めていた。

やはり育った環境の違いは大きく、早く結婚をと願っていた由美をこれ以上つなぎとめておくことはできないと思い、別れることになった。

これに対して、玲子はごく普通の家庭に育った娘だ。本当なら大学にも進学できたであろうと思われるほど、金融の知識も豊富で仕事も正確、窓口での対応でも、お客さまからの評判もよく、妻として迎えるには申し分ないと思った。玲子のほうも、支店での仕事振りが、伊藤のこれまでの過酷な生活環境からくる精神的な強靭さであることを何より理解し、この人なら人生を共にできると思えたのである。

結婚のときに、意外な事実が判明した。

戸籍を取りに役所に行ったときに、中身を見て驚いた。家を出た父が死亡していたのである。戸籍には、亡くなったのはごく最近、東京東部の下町の住所であった。一瞬驚きはしたものの、この時は不思議と悲しみも湧いてこなかった。むしろ、ほっとしたというのが正直なところだった。早速、母に報告したが、母はもっと厳しい反応をした。

「これでもう子供たちに迷惑かかることないなあ。お母ちゃんは、夫婦やから別れたら他人やけど、あんたら子供たちは、ずっと親子の関係やからなあ。銀行に迷惑かかることだけが心配やったんや。ああ、そうか。これで一安心や、よかったなあ」

お悔やみの言葉が一言もなかったのが、これまで母が受けてきた仕打ちの過酷さを物語っていた。だから伊藤も、この時は父が死亡した場所もわかっていたが、訪ねていくこともなかったのである。

母の気持ちを尊重し、また自身に厄介事が舞い込んでくるのは嫌だったので、父方の親戚とは連絡をとらなかった。玲子との結婚も決まり幸福感に浸っていた時期なので、しばらくすると父のことも忘れてしまっていた。

新婚生活と本店営業部での着任をほぼ同時にスタートした伊藤は、休日は新婚生活を満喫しながら、仕事においても実績を上げていった。

本店営業部に来て驚いたことは、伊藤のような若手の営業担当でもハイヤーが使えるということだった。周囲の先輩行員達は、優越感を満喫するかのように、運転手にも横柄な態度をとる者もいた。伊藤も一度、遠方の顧客を訪問する際に利用したが、事前に地図を用意したり、急に訪問先を追加、変更したりする際、非常に煩雑なので、早々に利用をやめた。また、本店営業部でも、伊藤の担当は新規取引開拓だったので、訪問軒数を稼ぐにはハイヤーを使っていてはとても不可能であった。早々と自転車に乗り換え、以前のように小回り良く訪問を続けた。

もっとも、これまでの支店のように軒並み訪問を許してはもらえなかった。「本店取引に相応しい顧客を」と厳命されていたので、まずは、帝都財閥企業の紹介先を、次に信用調査会社データで評点・売上・利益が一定以上の会社を訪問した。

本店営業部の新規開拓など、これまで誰も本気で行ったことがないのか、めったに外訪しないで会社宛の提案資料を作成するのに時間を費やすのが常のようだった。資料作りなど、営業から帰ってやるものだと決めていた伊藤にとっては、そういう人たちは、もうそれだけで一般の支店担当者以下と感じられた。歌舞伎町支店で死ぬほど過酷な就業環境で仕事をしている者もいれば、ここ本店営業部で殿様商売よろしく緊張感もなく仕事をしている者もいる。これが同じ銀行かと思いたくなるような不公平感を覚えながらも、伊藤はこれまで通りのペースで訪問を続けた。

すると、周りの行員たちは、呆れて馬鹿にするような態度をとった。しかし、三ヶ月もすると、例によって成果が上がりだし、周囲の見る目も一変してきたのである。

伊藤にとって、転機となったのは、着任後ちょうど五年が経過した頃だった。

この頃銀行は、バブル経済崩壊の影響を受け、大手証券会社や大手銀行の一角が経営破綻し、これまで経験したことのない金融危機に見舞われていた頃であった。当然ながら銀行の資産である貸出金も回収不能になる金額が増加、このような不良債権をいかに回収するかが銀行の命運を決するようになっていた。

その一方で、銀行の良質な資産として利ざやのとれる個人向貸出の強化に乗り出した。それに伴い、大幅な法人部門から個人部門への人材配置の転換が行われた。

伊藤も個人事業部に異動となった。

個人部門では、個人ローン商品の開発や推進に明け暮れ、あっという間に五年間が経過し、首都圏の法人営業部次長として転出することになった。

伊藤の転出した法人営業部では、不良債権問題が顕在化し、極めて高度な交渉力と精神力を併せ持つ担当者を配置しようということになり、これまでのキャリアから新任の伊藤が選ばれて不良債権回収責任者を任されたのである。

これには、さすがの伊藤もまいった。今までは、強気でガンガン攻める営業をしていけばよかったのであるが、今度はそういう理屈が通用する相手ではない。金がなくなれば、どれだけみじめか、幼少のとき否というほど経験した。金がなくなった途端、周りの知人も態度が急変する。伊藤の母も、親戚中から相手をされなくなった。

そして、金に困った人間は、限界を超えるとどのようなことをするかわからない。実際、母も、子供たちを道ずれに淀川に身を投じようと考えていたそうだ。ギリギリのところで母の姉に助けられたのである。母の場合は、自殺を選ぼうとしたが、中には強盗を企て、見つかったために殺人罪まで犯す者もいる。そういう予備軍の人たちがいかに恐ろしさを秘めているかは一番よくわかっていた。

担当する企業のなかに、フランチャイズ展開をする喫茶店のオーナー店主がいた。企業といっても従業員は家族のみの実質個人経営の喫茶店だ。今でこそ多種多様な同業が参入しているが、このフランチャイズを展開する企業の社長は、当時としては草分け的な存在で、若い時から単身ブラジルでコーヒー豆農場を経営してきたという立志伝中のカリスマ経営者である。

帰国後、フランチャイズ方式で、喫茶店のオーナーになりたい人を募集し、出店地を紹介、厨房設備等の施工を請け負い、資金はオーナーが出資するといった形式で出店数を増やしていた。出店後も、コーヒー豆の材料も本社から仕入れさせ、売上の何％かをロイヤリティとして納付させるという仕組みで、リスクをオーナーにとらせて、材料の販売やロイヤリティなどで収益を上げ、急成長してきた。

しかし、出店を重ねるうちに、出店候補の事前リサーチなども甘くなり、計画していた売上に達せず、経営破綻を招く店舗も散見されてきた。そもそもが、一杯二百円程度の格安のコーヒーなので、客単価は知れている。収益を上げれるかどうかは、回転数を上げ、一日当たりの来客数を増やすしかない。

そこで、席のほとんどを立ち飲み形式やカウンターとして、狭い店内で短時間おいしいコーヒーを楽しむというコンセプトで店舗設計をしているのだ。そうすると、店舗が存続していくには、いかに立地がよく人流が豊富かがポイントになってくるのであるが、店舗のなかには明らかに最寄駅から遠く、人流もまばらな店舗があった。

伊藤が担当するなかには、この企業から紹介され、過去に出店設備資金を融資した先が何社かあった。山崎尚樹が経営するコーヒーショップもそのうちの一つだ。最寄駅は都心の駅だったが、徒歩二分という割に、信じられないほど人流がなくなり、ひっそりしている場所なのだ。初めて訪問した時に、これはダメだと思った。

さらに出店時の市場調査書を確認したが、集客数の見込みも甘く、いい加減で損益分岐点売上にとうてい満たない売上水準なので、出店後二年が経過するが、月次の収支も黒字に遠く及ばす赤字を続けている。当然のことながら、銀行融資の返済も滞る。数ヶ月の延滞が常態化しており、回収を急がなければならない。それには「廃業」するしかないと、伊藤は考えている。

一度、山崎に廃業を勧めたが、学生時代から喫茶店のオーナーになることを夢見てようやく出店した山崎にとって、二年で諦めるわけにはいかないのだ。このような状況で、ともかく少額でもいいので、相手にプレッシャーを与えて回収を促進し、時間を稼ぎながら最終的には撤退させて、店舗の保証金などから回収する方針を立てた。

銀行員の鞄は一目見てわかる。飲食関係のオーナーは、店に銀行員が来られるのを嫌がる。逃げ場がないのと、督促の話などを聞かれると、顧客の信用を損ないかねないからだ。一杯二百円のコーヒーを注文し、カウンターに座ると一応はお客さまになる。

そこでオーナーと景気の話や商売の状況を聞くのである。決して融資の返済には言及しない。なるべく長時間粘る。そして帰りがけにお土産と称してその日の現金売上金をほとんど回収してくる。たとえ少額でも、極論を言えば、一円でも回収してくることに意義がある。回収することによって時効を中断することができる。回収しないと、貸金返還請求権は五年で時効が成立し回収不能となる。

しかし、これまで三年間回収できていなかった場合、一円でも返済すれば、三年がリセットされ、時効の計算は再びゼロからカウントされることになる。

伊藤に言わせれば、今の貸金業法の規制に守られた債務者ほど腹の立つ者はいない。自分たちは勝手に家に上がり込まれ、母の職場まで押しかけられ、一家心中直前までいった。こんな生っちょろい取り立てにも耐えられないなら、金借りるのやめろ！　と心の中で叫びながら督促を行ってきた。

その日も、伊藤は山崎の店舗に訪問した。コーヒーを注文し、カウンターに座ろうとしたら、店頭に出ていた山崎が困った顔をして寄ってきた。

「伊藤さん。こちらでお願いできますか」と、「関係者以外立入禁止」の表示のあるドアを開け、中に案内された。

「山崎さん、この半年お店の経営状況を見てきて、また開店当初の計画書を見て、これ以上続けても赤字は拡大していく一方だと思います。当初の計画が杜撰すぎたのです。想定の半分くらいしか集客できていませんし、正直今の立地だと人を呼び込むのは困難です。フランチャイズビジネスは、本部はロイヤリティを得たうえ、材料などを販売してますから、どうしたって儲かるのです。オーナーだけがリスクを背負って、死ぬ気で働いて絞り出した利益もロイヤリティで消えてしまう。割りに合わないビジネスです。どうですか、早めに見切りをつけて売却し、心機一転自前で飲食業をやったほうがいいですよ。うちの融資も、これ以上延滞が重なると、担保権を行使せざるを得ないですから」

帝都銀行は、山崎の父名義の自宅を担保として押さえているが、担保権の行使とは、競売にかけて回収することである。任意売却と異なり、売価が安くなるので、融資額を全額回収できるとは限らない。最後の手段となる。日頃思っていることを今日は思い切ってぶつけてみた。

「わかってるんだけど、そう簡単にはやめられないよ。僕自身が、このコーヒーショップでバイトしている頃からの夢だったんだから」

山崎は諦めきれないようだ。表情は疲れ切っていて、健康状態が心配である。

「お体大丈夫ですか」

「このところ、夜眠れないんですよ。うつ病って言われました。時々、何もする気がなくなって、ぼーっとしている時があるらしいです」

「くれぐれも無理なさらず、お体を大事にしてください」

伊藤は店を後にした。これが山崎と交わした最後の言葉になるとは、思いもしなかった。

山崎はこの一週間後、自殺したのである。

フランチャイズビジネスの過酷な現実と称して、ニュースでも派手に取り上げられた。山崎が遺書を残しており、フランチャイズ本部に対する恨みを連ねていたことから、このコーヒーショップへ批判が集中、加盟店のオーナーの惨状を取り上げるマスコミが続出した。

融資を行って問題債権として回収専一に走っていた帝都銀行に対しても一部の週刊誌が非難した記事を書いた。伊藤のことも「I」という担当者として記事に書かれていた。一時は法人営業部周辺に取材の記者が集まることもあったが、しばらくしてそれも収まった。また、貸出金を死亡保険金で回収できたことも不幸中の幸いだった。

伊藤は冷静であった。山崎は死をもって負債を清算したということだ。数千万円の金を借りるのであるから、返せなくなったらどうするかくらいは覚悟を決めるべきだ。それを、返せなくても責任をとらず言い訳ばかりしている債務者を見ていると虫唾が走る。

最後は、死んで責任を取る覚悟がなければ、そんな大金を借りるものではない、というのが伊藤の持論であった。なので、景気や経済動向等に責任をすり替えて、のらりくらり延滞を続ける債務者には苛烈な取り立てを断行してきた。その意味で、山崎は命を懸けてこのビジネスを成功させようとしていたことは感じ取れたので、撤退する決断を促したのだが、山崎にはそれができなかっただけだ。

結局、伊藤は三年勤めた法人営業部から、インターネット専業銀行に出向となったのである。問題債権担当の責任者を「処分」したことで責任を果たしたというわけだ。大義名分はともかく、伊藤にとっては「山崎事件」が影響した左遷人事だ。

ある程度、覚悟はしていたものの、落胆は大きかった。しかし、失意のうちにインターネット銀行に出向したが、伊藤の目覚ましい活躍は続き、今に至るのである。

第四章　結婚写真

民報の報道特番に出演してから、さらに不正口座対策やマネロン関連の講演依頼などが増えた。これらの功績から、伊藤は常務取締役に昇格し、不正対策などを受け持つリスク管理部門担当役員となった。現場から離れ、対外活動に軸足を置くようになっていた。

しかし、こうした状況も一変する。Ｄバンク銀行の大株主は、同割合で帝都銀行と大手カード会社となっていた。しかし、帝都銀行が経営権を手放すことになり、一部の株式をこのカード会社に譲渡し、カード会社が筆頭株主となった。

当然、カード会社主導の経営体制になり、創業時より銀行を引っ張ってきた社長が退任することになった。社長のいわば懐刀的な存在だった伊藤は、次期社長候補の最右翼であったが、当然ながら大手カード会社出身の役員からは敵対視されていた。

経営権がカード会社に移ったことで、真っ先に排除されたのが伊藤であった。役員を解任されることになり、出向元の帝都銀行に戻るか、完全に退職するかの選択を迫られることとなったのだ。

経営陣が変わり、目指すべきものも変わって、今後伊藤にとってつまらない銀行になっていくことが目に見えていたので、退任すること自体に全く後悔はなかった。だが、不正対応の分野では、すっかり有名になり仕事も順調であっただけに、その喪失感はかなりこたえた。

いつも、これから、というときに不運なことに見舞われ、壁が立ちふさがってくる。銀行からは、関連会社に移ることも勧められたが、銀行時代と顔ぶれや序列もそのままの世界でやっていくのはつまらないと思い退職し、転職先を自分で探すことにした。

銀行を退職しても、すぐに次が決まると思っていたが、なかなか中高年の再就職は厳しいものがあった。

これまでのキャリアから、他の銀行に再就職は厳しいにしても、マネロンや不正業務での輝かしいキャリアがあれば苦労しないと思っていたが、もともと狭い世界で、なおかつ伊藤の年収を考えると、求人は表に出て来ないのだ。

やむなく、これまで情報交換してきた同業他社の担当にあたってみたが、圧倒的な成果を上げて業界でも注目されてきた伊藤が入社すると、自分の仕事を奪われることが必定なので、話に乗ってくれるはずがない。なすすべもなく、無為に過ごす日が続いて、もはや伊藤は終わった、と言う友人たちも出てきた。伊藤にとって、失意の日々が続くことになる。

そんな伊藤であったが、ある出来事がきっかけで、新たな一歩を踏み出そうと決意することになった。

ある日、伊藤のいとこにあたる人物から、昔の写真などが送られてきた。何やら実家を売り渡すので、整理していたら、母の写真が出てきたというのである。母の若いときの写真や、いとこの家に行ったときに撮った写真などが多かったが、ひときわ大きな台紙が目についた。開けてみると、父と母の結婚写真だった。

この写真が、その後の伊藤の生き方に大きな影響を与えることになるのだ。

もう五十年も昔の色あせたセピア色の写真であったが、父と母だけのカットが何枚かと全体の集合写真が入っていた。幼少の頃の写真が一枚もない伊藤にとって、嬉しい贈り物であった。

目が写真にくぎ付けになった。

羽織袴姿の父。少し自分に似ているなあ。

文金高島田の母。若いときから、気が強そうやなあ。

この頃、二人は、幸せだったんだ。

そう思うと、胸がいっぱいになった。

妻の玲子と子供たちが寄ってきて、見せて見せてとせがむ。長男の正吾は中学一年生、長女のさつきは小学校三年生になる。次男の雄介は小学校一年生だ。

「お義父さん、あなたに似ているわね。お義母さんも綺麗。今と変わってない」

「わあ～おじいちゃん、かっこいい」

「お父さんみたい」

正吾とさつきは口々に言いあう。

「ねえねえ、おじいちゃんってどんな人」

さつきが質問した。これまでも、父のことはあらかた話してきたが、

「莫大な借金をこしらえて家を出て、おばあちゃんが苦労しはったんや」

この程度の内容しか話していなかった。

写真を見ているうちに、昔のことが思い起こされ、なつかしさがこみ上げてきた。忘れかけていた父の顔。小さい時に淀川でよく釣りをしたこと。小学校に入ったばかりで泳げるわけないのに、大人用のプールに放り込まれて、バタバタおぼれかけながら、気が付くと自然と泳げるようになり、低学年のうちに何キロも遠泳できるようになったこと。全国大会で優勝したこともある名門校ラグビー部で鍛えた大柄な人だったこと。でも気が弱くて意気地がなく、借金を抱えてからは意気消沈していたこと、など。父と母が並んでいる写真を見て、

「この二人がいたから、今の俺があるんや」

と胸が熱くなってきた。

涙が出そうになるのをこらえながら、少しずつ話していった。

「そうやなあ。とにかくよく土産を買ってきたなあ。帰りに店先でおいしそうだった、とか。おもちゃなら、これおもろいやろ、とか。

あと、新しいもん買ってては売ってはったなあ。お父さんから言わせればアホや。ある時、得意げに、『これはすごい高い時計や、夜の十二時になった瞬間に日付が変わるんや』と俺たちに見せようとするんやけど、子供は眠たくて起きてられへん。結局、一回も見たことなかったなあ。当たり前やけど。あの時計どうしたんか謎や。今から考えたら、たぶんロレックスのデイトジャストという何十万円もする高級時計や。お父さんが今持っているこの時計やで。実は、親父がこれを自慢していたから、いつかは欲しいなあと思っていて、買った時計やねん。カメラもライカ。これはドイツの高級メーカーや。それで俺らの写真を一杯とって……でも結局俺らの写真、今どこにもないんや。お母さん聞いたら、『そんなもんあの人が出ていったときに燃やしてしもたわ、けったくそ悪い』やて」

「ばあちゃん過激！」とさつき。

「おじいちゃん、おもしろそう。生きてたら、こづかいたくさんくれそうやなあ」と正吾。

「そうそう、あと競馬とかもしてて、一度、馬券を買うときに俺ら子供たちに数字を選ばせてなあ。わかるか？　一着が三番で二着が五番の馬やったら、『三 - 五』の馬券を買うんや。それで、洋子おばちゃんが買った馬券が当たったんや。大穴で万馬券！　すごい金額の配当になったんで、家族で大騒ぎ。お母さんは、当然借金を少しでも返済しようと言い張ったんやけど、親父は、『洋子が当てたんやから、洋子なんか欲しいもんあるんやったら買ったるで』と聞いたら、洋子はなあ、『九官鳥！』やて。それで、どこで探したのか、本当に買ってきたんや。洋子は大喜び。お母さんは、『何考えてんの。あんたわ！』大激怒やったなあ」

家族全員で大爆笑。

「おじいちゃん、良い人や」と雄介。

「九官鳥って、人の言葉真似する鳥？　洋子おばちゃん、最高！」と正吾。

九官鳥が来て、家は賑やかになった。

伊藤たちきょうだいが、色々な言葉を教えるから当然だ。

洋子がいつも、「キューちゃん、おはよう」と声をかけていたので、まずはその言葉を覚えた。

九官鳥のキューちゃんが、朝一で必ず「キューちゃん、おはよう」と発声し、一日が始まった。

母は、「さあ、今日も頑張るで！」と気合を入れてパートに行っていたので、キューちゃんは、おはようの次に「さあ、今日も頑張るで！」と発声していた。

キューちゃんが来てから、家族に笑いが戻った。そういえば、父もキューちゃんが、「さあ、今日も頑張るで！」と発声するのを聞いて、仕事に出かけるのが日課になった。

あれだけがっかりしていた母も、近所にキューちゃんを連れて行って、その賢さを自慢しているので、ちゃっかりしたものだ。伊藤や洋子の友人が家に来た時も、いろんな言葉を覚えては発声し、を繰り返した。

借金の返済は、子供だったのでよくわからなかったが、母によると相変わらず苦しかったらしい。しかし、キューちゃんがいる間は、苦しさを忘れさせてくれた。

昔のことを思い出していたが、子供たちの声に我に返った。

「何か楽しそうだね」

「そう、キューちゃんがいる間は、厳しい家計だったんだけど、我が家は本当に楽しかったんだよ」

「やっぱり、おじいちゃんはいい人じゃん」

そうだな、と伊藤は、心の中で思った。今まで考えたこともなかったが、父は自分たち家族を楽しませることだけを考えていたのかもしれない。自分の弱さから借金を背負って、どうしようもなくなったけど、家族のことを考えてはいたんだ。

そういえば、キューちゃんが死んでしばらくしてからだったな。父が家を出たのは。父は、キューちゃんの「さあ、今日も頑張るで！」という言葉を聞いて、つらかったことがたくさんある中、何とか頑張っていたのかもしれない。キューちゃんの死が、緊張の糸を切ってしまったのか。伊藤は、三人の子供の父親となった今、ようやく父の当時の気持ちを少しは理解できるようになった。

キューちゃんは、一家に希望の光を送り込んでくれた「恩人」だ。

それからしばらくして、伊藤は年の瀬も押し迫ったよく晴れた寒い日に、父が亡くなった場所を訪ねていくことにした。

東京東部の下町で、新しくできた鉄筋マンションと古くから建つ木造住宅の残る地域であった。そのアパートは、昔のたたずまいを残してまだ存在していた。ちょうど、一階が大家の家らしく、一階の横手に錆びた鉄製の階段があり、二階がアパートになっていた。

一階の大家らしき家のインターフォンを押した。

突然、十数年も前に賃借していた家族だと名乗っても、相手にしてもらえるか心配したが、出てきたのは高齢の女性であった。持ってきた菓子折りを渡しながら尋ねた。

「私は伊藤と申します。ここに住んでいた父のことでお尋ねします」

「はいはい、伊藤さんねえ。気の毒なことです。このアパートの部屋で亡くなられてねえ。隣の人が一晩中、テレビの音がして、次の日になっても消えないので、言いに来てね。私が呼んでも出てこられないので、合い鍵で入ったら寝てるようでした。でも、脈もないし、息もされていないので、警察に通報したんです」

「そうでしたか。ご迷惑をおかけしました」

「伊藤さんは、そうやね、十数年ここに住んでかたねえ。近くの町工場で働いてらしたけど、亡くなる前に体悪くして、休んでました。肝臓が悪いと話しておられたかなあ。最後は苦しまないで、安らかな顔しておられたですよ」

苦しんで死んでなくて、畳の上で亡くなって、よかったと思った。この大家のアパートで静かに暮らしていたのであろう。

「あなたですかね。毎月伊藤さんに仕送りされていたのは」

「はあ？　今日初めてここに来ましたし、私が十二歳の時に父が家を出ていって以来、会っていません。実は、私が結婚するときに戸籍をとって最後はここで亡くなったことを知りました」

「そうですか。伊藤さんは、よく通帳見せてくれて、体悪くしてから毎月、二万円やったか三万円やったか忘れましたけど、『これは息子が送ってくれてますねん。わしとは違って、小さい時から優秀で、大学出て帝都銀行に勤めてますんや。親孝行のええ息子ですわ』と嬉しそうに話していましたよ」

なんやそれは！　俺が、親父に仕送りするはずないやんか……伊藤の胸に熱いものがこみ上げてきた。親父は、私たち家族のことを、聞いていたんだ！　伊藤が銀行に入ったことも、妹も母も、元気に暮らしていることも知っていた。それにしても、誰が親父に仕送り送っていたんやろう。

これは後日、父の弟、伊藤からみて叔父が振り込んでいたとわかるのであるが、そんなことより、親父が自分のことを孝行息子と周りの人に自慢していたことが胸にこたえた。

親父は、家族に会いたかったことだろう。それも叶わず、ひっそりと誰にも看取られず生涯を終えた親父。もっと早く捜してあげるべきだった。生きている間に会いたかった。今になって、伊藤の心の中に初めて後悔する気持ちが湧いてきた。

「親父は、ここで皆さんのような人たちと最後を迎えられて、幸せだったと思います。本当にありがとうございました」

丁重に大家にお礼を言い、親父の終焉の地を後にした。

大家に教えられて、伊藤は父が最後に勤めていた町工場を訪ねた。一旦最寄駅まで戻り、和菓子屋に入って手土産を買った。駅の反対側の河川敷のすぐ近くにある小さな鋳物工場と聞いていたが、それらしき建物がない。聞いた住所は、新しい賃貸住宅になっていた。一階部分が大家の家らしく、インターフォンを押してみた。

初老の婦人が出てきた。

手土産を渡しながら聞いたところによると、二年前に工場をたたんで、この賃貸兼用の住宅を建てたとのこと。このあたりの工場も廃業するところが多く、残っている工場のような建物と新しい住宅が立ち並ぶ街並みだった。

十数年前の従業員のことを覚えているか不安であったが、元社長夫人は父のことを覚えていた。

「伊藤さんは、とにかく真面目に働いていましたよ。立派な体格で力もあって、周りの工員たちの分も手伝ってました。酒もたばこも飲まず、お金を貯めては、家族に仕送りしてたと思います。何でも、事情があって別れたお子さんたちが優秀で、三人とも大学に行かせるからや、と言ってました」

親父は家族のことを考えて懸命に働いていたんだ、と伊藤はここでもこれまで抱いていた親父の認識を改めることになった。

でも、自分たちに仕送りしていないとすれば、どこに送っていたのだろうか、という疑問が残った。

「そうそう、面白い人でしたよ。ボーナスを渡そうとしたんです。でも、受け取らなくて。何回か押し問答になって、では、代わりに買ってもらいたいものがあると」

「何だったのですか」

「それがね、九官鳥。なぜかは教えてくれませんでしたけど、アパートでは飼えないから、自分が世話するんでって言うので、何回か分のボーナスとして買ったんです。工場に置いて、日曜日以外は伊藤さんが世話してねえ。あれは賢い鳥ですね。すぐに言葉を覚えて。伊藤さん、キューちゃんって名前つけて、いつも『キューちゃんおはよう』って話しかけてたら、朝、工員が来たら『キューちゃんおはよう』って言うようになってね。工員も私たちも、何だか面白がって、いろんな言葉を教えるようになって。十年くらいかな、生きてた間は楽しかったですね。工場も不景気で厳しかったけど、おかげでなんか楽しく仕事できました」

親父は、何とか再起したかったんだ。苦しい中、九官鳥の声を聞いて、何とか踏ん張っていたあの頃を思い出していたのかもしれない。

――伊藤は、何とも言えない気持ちになった。

「そうだ。いつも伊藤さんは同じこと九官鳥に話しかけて、その言葉を覚えて、九官鳥がしゃべるのを、いつもうなずきながら聞いてました。なんて言ってたかなあ……」

「さあ、今日も頑張るで」

伊藤が答えた。

「そうそう、いつも仕事始まる前に、気合を入れていましたねえ。懐かしいわ。肝臓悪くして、働けなくなって、ここを辞めてしばらくして亡くなられて気の毒なことでした。体よくなるまで休職でいいと言いましたけど、それでは申し訳ない、また元気になったら雇ってください、って言われて。本当に残念でした」

「親父がお世話になりました。皆さんのような優しい方たちと晩年を過ごせて親父も幸せだったと思います」

丁重にお礼を言って、元社長夫人と別れた。

伊藤は、すぐ近くを流れる川の河川敷に腰を下ろして、夕日に照らされた川を眺めていた。親父とよく淀川で遊んだことを思い出した。親父との思い出は最終的には辛く、理不尽なものばかりだったのだが、その前には楽しい思い出もあった。ただ、それが辛い体験に隠れて思い出せなくなっていたのだ。まだ楽しかった時の思い出に浸りながら、親父のことを考えていた。

親父は、自分のまいた種で家族を守れなかった後悔からか、心を入れ替えて第二の人生をやり直していたんだ。もしかしたら、もう一度自分たちの前に姿を見せたかったのかもしれない。それも病気で叶わなかった。どういう思いで、病床に伏していたのか……もっと早くここに来るべきだった。

考えれば考えるほどやりきれなくなり、後悔の念が湧いてきた。静かに流れる目の前の川面が、波打つように見えてきた。

親父のその後の人生を見てきた後、伊藤は今後の自分自身の進路を真剣に考えるようになった。

これまで、父も母も家族も「金」に翻弄されてきた。

そんな思いから、「金」を扱いコントロールする銀行に就職し、これまた金に翻弄された経営者や債務者を見てきた。

それ以上に、金を扱う銀行員が自身の栄達や名誉、結局は金のために不祥事を隠し、多くの仲間を犠牲にしてくるのを見てきた。

経営がうまくいかず自殺した人、金に困り顧客の資産に手を付けた人物、自身の栄達のために平気で犯罪を隠蔽する上司等々、様々金にまつわるドラマを見てきたのだ。もしかしたら、伊藤自身も金に翻弄されてきたのかもしれない。

幸い、銀行在籍中に、ファイナンシャルプランナーの資格を取っていたので、ファイナンシャルプランナーとして独立して、金にまつわる様々な相談を受けるビジネスを始めようと決意した。金が必要な理由には、その人の人生がかかわってくる。

これまで多くのことを体験してきて、単に金を効率よく運用したり、無駄な経費を削減することだけにとらわれるのではなく、その背景にある事情も聞きながら、その人の人生にとって最善の選択肢を提案できる人になりたいと思った。

事務所を都心ではなく、自宅に近い千歳烏山駅周辺の雑居ビルの一室に決めた。まずは、銀行員時代にお世話になった取引先や行員に大量の事務所開設の挨拶状を送った。この四月から新たなスタートを切るようにしたのだ。

第五章　未来へ

三月になったとはいえ、まだ肌寒い日が続いていた。

伊藤は、どうしても報告しておきたい人に会うため、大阪に向かう新幹線の中にいた。

新大阪駅に着いてそのまま駅を出た。新幹線の高架下を歩いていけば、伊藤が生まれ育った街に着く。この駅周辺は大阪の玄関口なのに街並みが雑然としている。駅周辺の団地も子供の頃はできたばかりで立派に見えたが、今では外目にも老朽化が激しい。幹線道路から一歩入ると、昔からの木造住宅と最近建ったと思われる戸建てとマンションなどが狭い道を挟んで渾然としている。

今の生活環境とはほど遠く感じられ、ここが自分の生まれ育った場所なんだという実感がわいてこない。

しばらく歩くと、目的の家が目に入った。幼い頃よく通った懐かしい二階建ての家だが、今目の前にするととても小さく感じた。

「大学時代一度来たけど、二十何年振りかなあ」

伊藤は、どうしても千夏には、これまでのことを話しておきたかった。千夏とはしばらく年賀状を交換し近況を報告しあってきたが、伊藤も結婚し転居するなどしているうちに、音信が途絶えた。

紆余曲折があったが、自分のルーツは両親と育ったこの街なんだと思い、幼少期の自分を一番知っている千夏に会いに来たのだ。千夏は結婚してこの家にはいないことはわかっていたが、結婚後も近くに居を構えてこの街に住んでいるということなので、実家に行けばわかるだろうと思って訪問することにしたのだ。

インターホンを押す。しばらく沈黙があり、人が動く気配がした。

初老の女性が出てきた。千夏の母だ。

「突然すみません。千夏さんの同級生の伊藤博義です」

「えっ。ヒロくん！　ほんとにヒロくんか。元気やった？　ご両親もお元気？　今どこにいるの？」

矢継ぎ早にいくつか質問された。家族の方が覚えていなかったらどうしようかと不安だったが、そんな不安も吹き飛び、長年のブランクをすぐに埋めることができた。

「おばさん、大変ご無沙汰しています。突然すみません。千夏……いえ千夏さんは、今もこの近所にいらっしゃいますか。しばらく年賀状のやりとりしてたんですけど、僕も引っ越したりして音信が途絶えまして……今日は、報告しておきたいことがあって来ました」

「千夏は結婚してからも近くに住んでて、それからまた近所に家を買って今もすぐ近くに住んでるわ。ちょっと待ってや。電話するから。ヒロくんは東京から？」

「はい」

「まあ、遠いとこ悪いなあ」

と言いながら、携帯で電話を掛けた。

「千夏？　少し話できる？　今ヒロくんが家に来てんねん。そう、東京から……電話代わるね」

千夏の母から携帯を渡された。

「久しぶり……仕事中？　ごめんないつも突然で……うん……うん……わかった。じゃあ後で……おばさん、すみません。夕方から天六で会うことになりました」

「そう、よかったわ。折角やからあがっていけば」

「いえ、申し訳ないですし、他に行くところもあるので、これで失礼します」


夕方、待ち合わせの場所で千夏を待っていた。

地下鉄の入り口に通じる階段から、千夏は出てきた。多少は歳をとったが、昔の面影がそのまま残っていたのですぐに分かった。千夏も一目で伊藤のことがわかったようで、足早にこちらに向かって来た。

「ははは。ヒロくん全然変わらんやん。でもちょっというか、だいぶ老けたで」

二十数年振りなのに、全くブランクを感じさせない。そこが千夏のいいところかもしれない。

「おまえこそ、かなりおばさんになっとるがな。豹柄の服がよう似合うなにわのおばちゃんやなあ」

「しゃあないやろ。同じ年やさかいお互い様や」

「でも、今も充分きれいやで」

「今ごろゆうても遅いわ！」

いきなり長年のブランクも解消してしまい、伊藤が学生時代に通った居酒屋の暖簾をくぐった。平日夕方早い時間なのに、そこそこ混んでいた。

席に座り、飲み物が届いて再会を祝し乾杯をしたとたんに、お互いのこれまでを語り合った。

「そうか、おっちゃん亡くなりはったか。小麦色肌でオールバック、大柄でかっこいいお父さんやったなあ。そうそう、おっちゃんと激似の妹さん元気？」

「うん、今東京にいるよ」

「時々おっちゃん、妹さんを銭湯に連れて行ってたやろ。その時どこから見ても親子とわかるほど瓜フタやったやん」

「千夏、よう覚えてるなあ。俺も親父の顔思い出せないのに……」

「ヒロくんかて、ようおばちゃんと女風呂入ってたやんか。一緒やったやんか」

「やめてくれや。それ幼稚園の時やんか」

「でも、おっちゃんも辛かったんちゃうか。そんな中、子供たちのことを思って必死に生きてはった。それに、九官鳥とは……やっぱりやさしいお父さんやったんちゃうか」

「そうかなあ……」

「ヒロくんは、親の姿を見て自分の能力とか経済力とかをつけようおもて頑張ってきたやん。けど、子供たちのことはちゃんと見てあげてるか？」

「それを言われるとなあ。休みも仕事が多かったから、もしかしたら寂しい思いさせてきたかもなあ。この間、両親の結婚写真出てきて子供たちに見せたとき、さっきの九官鳥の話とかもしたら、子供たちは『ええおじいちゃんだね』と言ってたなあ」

「そやろ。確かにボタン掛け違って、人に騙されてから歯車が合わなくなって、やることなすことうまく行かなくて、これ以上一緒にいると迷惑かけるから、一人寂しく出ていきはったんと違うか」

「まあな。でも、親父が亡くなった家の大家さんや勤め先の社長夫人と話ができて、親父の暮らしぶりがわかっただけでも救いや」

「そやろ。だから、ヒロくんの子供たちにも、おっちゃんのいい思い出をいっぱい話してあげんとあかんで」

「思い出か……嫌なことから目を背けたかったから、小学校までの出来事は忘れてもうたな。唯一、千夏のことは覚えているけどな」

「そやったら、これから子供たちと一杯かかわってあげたほうがえぇで。ヒロくんは、優秀やし経済力あるし健康やし、『金』『才能』は申し分ないやん。けど『心』の部分で充実というか満足感があるかゆうたら、なんか無理に気張ってるような気がするで」

「気張っている？」

「そう、俺は親父のようにはならんぞ、お前らには何がわかる、とかそういう反骨心でこれまで来たやん。だから敵も多かったはずやで。

　とがってるっちゅうか、そんな感じがするんや。その点、おっちゃんは、一見恐そうやったけど、やさしかったで。夜店あったん覚えてるか？」

「ああ、二と七のつく日にあったなあ」

「そうそう、そこでようおっちゃんにラムネ買ってもろたで」

「へえ～そんなことあったん」

「それに動物が好きやったから、ミドリガメとか金魚とか、よう買いよったやろ」

「よう覚えているなあ。俺は忘れてもうた」

「ヒロくん。おっちゃん恨んだらあかんで。うちがこんなこと言う資格ないけどおっちゃんの心をわかってあげて。

うちは、高卒で働いて、旦那も職場の同僚で高卒や。子育ても大変やった。塾や習い事や で、安い給料ではどうにもならんから、うちも病院で働き出したわ。なんとか、息子は近畿学院大、娘は立志社大に入りよった。

旦那とはもうすっかり冷めとるけど、子供の成長が励みで家族四人で毎日賑やかで幸せを感じるわ。おっちゃんも、ヒロくんら子供の成長楽しみに何とか頑張ってはったんや思うで」

「お子さん、どちらもすごいやんか。そういえば、うちは子供のことは妻に任せっぱなしやなあ」

「ちゃんと見たらなあかんで」

千夏には、痛いところを突かれた思いだった。

幼馴染は、自分のこと、自分の家族のことをよく覚えているし、わかっているなあと。自分の「ルーツ」を知っている数少ない友人だ。

伊藤は、若い日に千夏とは縁がなかったと投げやりになった時もあったが、今こうして時を経て話してみると、千夏の「役割」は別のところにあったんだと妙に納得するのであった。

校庭に植えられた桜の木には、ほぼ八分咲きの花が映えていた。

伊藤は、玲子とさつき・雄介を連れて、正吾のサッカーの試合を見に来ている。銀行で働いているときは、仕事ばかりでなかなか正吾のサッカーの試合にも見に行けなかった。

中学一年生ながら正吾は背番号十一番でＦＷとして活躍していた。

この日は春季区大会の決勝で、正吾の中学校が秋の新人戦、冬の研修リーグに続いて、三連覇なるかという大事な試合だった。

相手は過去二回の決勝で正吾の中学に敗れている強豪校で、雪辱に燃え試合前のアップから気迫がみなぎっていた。

試合は、前半何度かチャンスを作りながら相手チームの体を張った献身的な守備を崩せず、いたずらに時間が過ぎていった。背番号十の中心選手も相手に飲まれ、簡単にボールを失う展開が続いていた。しびれを切らした監督は、前半終了間際という異例な時間帯で、しかも中心選手の十番に代えて正吾をピッチに送りだした。相手チームや観戦していた他校の選手から、

「おお～」と驚きの声が上がった。

「あの十一番は誰だ？　小さいけど一年？」

「あれは、一昨年の六年生大会で優勝したチームのエースだ」

「十番に代えて出てくるとはすごいなあ」

伊藤は自分の息子が注目されていることも、これまでわからなかったことを恥じながらも、正吾が活躍していることが嬉しかった。

試合は後半に入った。そして数分後、相手ゴール右側の深い位置で正吾が相手のボールを奪った。すぐに別のデフェンダーが正吾の前に立ちはだかる。正吾は、ゴールに遠い右にボールを切ってクロスを上げると見せかけ、逆の左側、ゴール中央に向けてボールを運び、すばやく利き足でない左足でゴール左上を狙って蹴りこんだ。

ボールは美しい弧を描きながら、そのままゴールに吸い込まれた。

一瞬の静寂の後、ウオ〜という歓声と拍手が沸き起こった。

「よっしゃ！　ナイスや正吾！」

思わず伊藤は声を上げた。玲子、かな、雄介も、

「お兄ちゃんすごい！」

と大はしゃぎ。

正吾は、渾身のガッツポーズをしながらベンチに向かって走ってきた。それを追いかける先輩たちに囲まれ、もみくちゃになっていた。

「十一番、やばい！」

「すげー。一発で決めた」

「本当に一年か？」

周りの観客から声が上がった。

久しぶりに心の底から喜びが溢れ笑った気がした。

伊藤は観客から少し離れて桜の木の下に移動した。鞄の中から、両親の結婚写真を取り出した。

「親父も、この瞬間を見たかったたやろなあ――」


自分は、何者でもない、この二人の子供なんだ。

この二人が歩んだ人生を、堂々と受け継いで生きていこう。

初めて、両親ともに誇らしく感じられた。

それとともに、子供たちにも、両親のこと、特に親父のことをしっかり話さなければならない。この両親がいてこそ、我が家の今があるということを。

歓声に沸くグラウンドで暖かい日が差すなか、一陣の風が吹き、早くも咲き誇った桜花が舞い肩にかかった。

「ピッ、ピー、ピー」

グラウンドに試合終了を告げるホイッスルが鳴り響いた。

大歓声で沸きかえる中、伊藤は写真の二人に語りかけるようにつぶやいた。

「ありがとう、親父。ありがとう、お母さん」

完

結婚写真

発　行　日　2023年11月18日　初版第1刷発行
著　　　者　錦城　誉
発　売　元　株式会社 星雲社（共同出版社・流通責任出版社）
〒112-0005
東京都文京区水道1-3-30
TEL03-3868-3275　FAX03-3868-6588
発　行　所　銀河書籍
〒590-0965
大阪府堺市堺区南旅篭町東4-1-1
TEL 072-350-3866　FAX 072-350-3083
印　刷　所　有限会社ニシダ印刷製本

ISBN978-4-434-33054-4　C0093